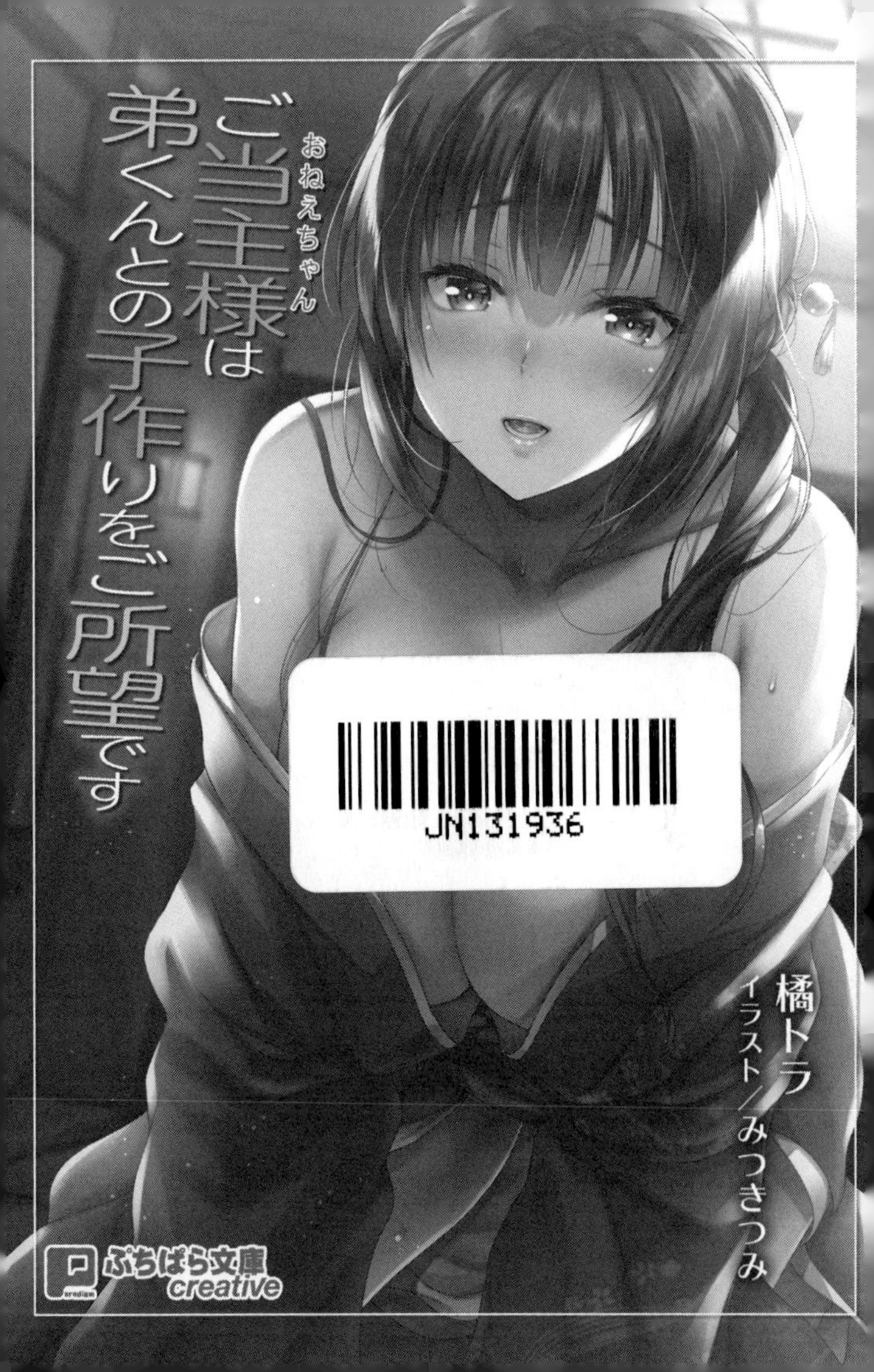
ご当主様《おねえちゃん》は弟くんとの子作りをご所望です
橘トラ
イラスト／みつきつみ
ぷちぱら文庫
creative

プロローグ

放課後の廊下に吹き込んでくる風にはまだ微かに夏の気配が残っている。

一条涼太《いちじょうりょうた》は昇降口の壁に持たれかかりスマホをいじっていた。

（遅いな……）

もしかして待ち合わせの時間を間違えただろうか。もう一度メッセージを確認しようとしたとき、廊下がざわざわと騒がしくなる。

顔を上げると、ざわめきの向こうから誰かがやってくるのがわかった。というより、その誰かの移動に合わせてざわめきも移動しているのだ。ある者はその誰かを振り返り、ある者は声をかけ、ある者はそばの生徒と話し、皆その誰かを無視せずにはいられない。

そのざわめきの中心にいたのは――。

（紗羽《さわ》ねぇ、やっぱりすごいよな……）

彼のふたつ上の姉、一条紗羽だった。

よく手入れされた長い黒髪を肩のあたりでまとめ、端正な顔立ちにはいつも涼やかな笑みを浮かべている。一方、制服のブレザーを押し上げる胸の質量は圧倒的なくらいで、太ももはいつも履いているストッキングも相まって肉感的だ。

しかし姉の持つ雰囲気は決して蠱惑的《こわくてき》ではなかった。立ち止まって生徒の話を聞く姿、廊下を歩く姿、折り目正しい立ち居振る舞いは優雅でさえある。つまり『立てば芍薬《しゃくやく》～』そのものなのだ。

さらに成績は常にトップクラス、華道、茶道も嗜み、誰にでも分け隔てなく接する人柄もあって、男女問わず憧れるまさに『学園の花』と言っていい存在だった。

それなのに生徒達が彼女と距離を詰められずにいるのは、姉が『あの一条家』の長女だからだろう。


一条家は古くからこの地方を支配する名家だ。その影響力は、地域開発はもちろん行政にまで及んでいる。日本を牛耳るほどの一族ではないが、この地域では一条家を通さずにできることはほとんどない。

そして紗羽は一条家の長女であり、次の当主となる存在だ。

一条家は代々女系家族で、本家の長女が主となり一族を率いている。一条家の長女として生まれてくることはこの地域の支配者として生まれてくるに等しかった。そうした特殊な立場が生徒達に二の足を踏ませているのだ。

しかしもうひとつ、姉の存在に男子達がざわめき、その一挙手一投足を強烈に意識しているのにはある理由があるのだが――。

生徒達が左右に分かれる中を歩いてくる紗羽が弟の姿を目にした途端だった。

「おーい、涼くーんっ！」

先ほどまで涼しげだった笑みがぱっと明るくなり、ぶんぶんと手を振り始める。そしてぱたぱたと駆け寄ってきた。

「ごめんね、待たせちゃって」

「あんまり待ってない……」

申し訳なさそうに覗き込んでくる姉に、涼太は気恥ずかしさに思わず俯いてしまう。周囲の生徒の視線が自分に注がれているのがわかった。

姉にひとつ弱点があるとすれば、弟を見た途端に他のことが目に入らなくなってしまうことだ。紗羽は幼い頃から弟を溺愛し、何をするにも一緒にしたがり、どこにでも弟を連れて歩いていた。

そんな姉に対し涼太がお姉ちゃん子になるのは当然のことだろう。大好きな姉といつも一緒にいたがり、姉のうしろをついて回っていた。その関係は高校生になった現在でも続き、姉弟の仲は学校でも評判だ。

「じゃ、帰ろっ」

そして靴を履き替えた姉は涼太の手を取り、とことこと歩き出す。

「……うん」

周りにいた生徒達から嫉妬の視線や溜息を浴びせられるのを感じ、涼太はいつものように姉の陰に隠れてしまう。が、この場所は弟の自分だけの特権なのだ。そんな優越感を胸に姉に手を引かれるまま歩いていくのだった。


そして――。

「お帰りなさい。お嬢様、坊ちゃま」

校門では生徒達の下校の邪魔にならないよう、門のそばに車が寄せられていた。お抱えの運転手が計ったようなタイミングでドアを開けてくれる。

「うん、ただいま」

「……ただいま」

鷹揚に答える姉の後に続き、涼太はもそもそと口にして乗り込む。

そして車が走り始めるなり――。

「涼くん、今日の数学の小テスト、どうだった？　お姉ちゃんと勉強したところ、ちゃんとできた？」

「大丈夫、教えてもらった通りにやったから」

姉のいつもの取り調べが始まる。できるだけしれっと答えてかわそうとするのだが、姉の攻勢は止まらなかった。

「体育の授業は？　お姉ちゃんと鉄棒の練習する？」

「大丈夫だって、ひとりでできるから」

「国語の宿題出たでしょ？　後でお姉ちゃんと一緒にやろっ」

「もう、大丈夫だってば！」

ぐいぐい迫ってくる姉から逃れるように、とうとう涼太はぷいっと顔を背ける。

そんな彼を見て、姉がくすくす笑っているのがわかった。

（ホントにしょうがないな、紗羽ねぇ……）

姉から顔を背けつつも、実は涼太も怒ってはいなかった。ただ、くすぐったいのだ。

昔から姉はこうして涼太の世話を焼いてくれていた。勉強だけではなく、生活の世話から、遊びから、人付き合いまで、何でも教えてくれるのだ。

涼太もそんな姉が大好きで、幼い頃からずっと姉について歩くようになっていた。彼自身、お姉ちゃん子だという自覚もあるのだが、最近はどうしても姉とのスキンシップが恥ずかしい。特に、一緒の高校に入ってからは姉に向けられる男子の視線も気になるし、自分が弟ということで特別扱いされているということも感じてしまう。

しかし、それよりも涼太が気にしているのは――。

「……紗羽ねぇこそ俺の心配ばっかりしてていいの？　跡継ぎはどうするのさ」

「ぁ……それは、うん……大丈夫」

涼太の言葉に、途端に姉は勢いをなくし黙り込む。


姉が当主としての権力を引き継ぐためには大事な決まりごとがあった。

『一条家の次期当主は婿を取り、十八になるまでに子を成さなければならない』

姉弟も知らないいくらい遠くの昔に、当主に『跡継ぎ』が生まれず一族の間で大規模な争いになったことがあると涼太は聞いていた。同じ問題を引き起こさないためにも、当主となるにはまず跡継ぎの存在が絶対必要なのだ。もしそれができなければ当主の座は分家の者に移ることとなる。

そして今、涼太達の母が引退し、権力が姉に引き継がれる時期がやってきた――婿選びのときがきたのだ。

一条家の当主となる姉が一体誰を婿に選ぶのか。もし選ばれたとしても権力を手に入れることはできないが、一生遊んで暮らせるだけの地位は手に入る。しかも姉と子作りまでできるという特権までついている――近頃学校の男子達が姉を意識しているのにはそういう理由もあった。

　そして本家の人間は権力を維持するために、姉に子供を産ませようとありとあらゆる手段を講じるだろう。

　つまり、これから姉はまともな恋愛もできず、権力を引き継ぐためにただの『繁殖相手』として婿を選ぶことになる。『一条紗羽』は涼太の大好きな姉であると同時に、一条家の権力を引き継ぐために重すぎる役目を背負ってもいるのだ。


　その一方、男である涼太はこうした権力レースからは既に外れている。もちろん両親は彼のことも大切に育ててくれたが、将来は嫌でもこの家を出ていくことになる――それが習わしなのだ。高校を卒業したらコネで大学に入って、その後は一族の系列企業にでも就職することになるだろう。安泰といえば安泰の人生なのだが。

「俺、ずっと紗羽ねぇと一緒にいたいな……」

　姉があまりに遠い存在になるようで、思わずそんな言葉を口にすると、姉がそっと頭を撫でてくれる。幼い頃からあやしていた手つきはごく自然なものだ。

「大丈夫だよ。お姉ちゃんは涼くんから離れないから……」

　そして、いつものように柔らかな笑みを浮かべる紗羽。弟の彼にだけに見せる姉の微笑みに、涼太もそれ以上何も言えなくなってしまう。

「……………」

しかし、姉のそんな言葉も、いつもの笑顔も涼太を安心させられなかった。

これから姉が進む道は涼太とはあまりにもかけ離れている。今までずっと一緒にいて、一条家のしきたりなんてどこか遠くの国の出来事に感じられたが、とうとうそのときがやってきたのだ。

姉と一緒にいられる時間が今この瞬間にも減りつつあることを感じ、涼太は不安な気持ちで車外を流れる景色を眺めるのだった。

一章 初めてはお姉ちゃんがしてあげる

送迎車は屋敷の門を通り、庭園と見紛うほどの敷地を進んで玄関の前で止まる。

運転手に見送られたふたりは、鍵もかかっていない引き戸を開けて玄関に上がった。

彼らの住む家は本家の者が代々住んでいる日本家屋で、増改築を繰り返し和室や洋室が入り混じりもう元の姿もわからない。それでも涼太にとっては物心つく前から住んでいる我が家だった。

姉弟が歩く廊下は微かに軋んで時代を感じさせるものの、よく手入れされてまだ使い込む余地さえあった。そんな廊下を歩いているとき。

「ちょっとおやつ食べてこ？　今なら誰もいないはずだから」

「ん」

涼太は姉に促されるまま、廊下の一角にある使用人の休憩室にそっと忍び込む。みんなで食べるお菓子を失敬しようというのだろう。幸い、中には誰もいなかった。

「あ、今日はクッキーだ♪」

姉が机の小さな鉢からクッキーをつまもうとしたときだった。

「紗羽っ！」

小さな部屋に厳しい声が響く。

「「……っ」」

その声に姉は慌てて手を引っ込め、涼太はびくりと固まった。弟はもちろん、姉を一喝できる者はこの家には数えるほどしかいない。

「……あんた、またお見合いをすっぽかしたんだって？」

部屋の入り口で逃げ道を塞ぐように仁王立ちになっているのは、一条多恵《たえ》。

ふたりの母親であり、現在の当主にして一条家の支配者。姉弟にとっては権力者というよりも厳しい母親だが。

「だって、昨日は涼くんの宿題見てあげなきゃいけなかったんだもん……」

母に睨まれた紗羽は次期当主としての威厳はない。年頃の娘らしく小さくなってもごもご呟いているだけだ。そんな紗羽に母は溜息をつく。

「あのねぇ、涼太はもう高校生なのよ？　いつまでもあんたが面倒見なくてもいいし、それよりもっと大切なことがあるでしょ？」

言って、母は小脇に抱えていたものをどさりと机に置く。分厚いボール紙にカバーされた数ミリの冊子、それが束になっている。姉の婿候補となる男性達の『お見合い写真』だ。

（こんなにたくさんの人が……）

姉にアプローチをかけてきているのだ。その数に涼太は息を呑む。

姉の婿探しは実はごく単純なものだ。男性を選び、婿候補として子作りをし、子を成すことができたらそこで結婚。できなければ別の男を選ぶ——それを繰り返すだけだ。

もし期間内に子を成すことができなければ権力は分家に移ってしまう。そのためにはとにかく子を成す能力、優秀な遺伝子を残すための男性が必要なのだ。

（………）

母に問い詰められ姉は何やらもごもご言っているが、涼太の耳には入っていなかった。あるのはただ、姉が顔も知らない他人と一緒になって、ただ家のために子を成さなければならないこと。

考えるだけで、抑え込んでいた感情がざわざわと蠢《うごめ》くのを感じる。

（やだよ、そんなの……紗羽ねぇがそんなこと……）

自分にとって姉は姉で、誰かと繁殖をするだけの存在になんてなってほしくない。こんなことは考えたくないのに、自分でもどうしようもない感情が沸点に達しようとしたとき。

「とにかく、明日までに返事しなさいよ、目ぼしい男がいなかったらまた探すから」

「もー、ご飯食べたら見るから……」

「あんた、本当にそんなこと言っててていいの？　母さんが言ってる間に何とかしないと、『おばあさま』が出てきたら——」

その言葉に、姉の身体に緊張が走るのが涼太にも見て取れた。

「……そ、それは、その……わかってます……」

涼太にとっては祖母は怖い存在ではなかった。男の子として一条家のパワーゲームから外れていたせいもあるだろう。しかし一方では、陰の実力者として当主の母からも恐れられている存在だ。もし祖母が本気になったら誰も逆らえず、姉の婿など勝手にあてがってしまうだろう。

室内に重苦しい空気が立ち込める。と――。

「とにかく、ご飯食べたら見るからっ」

紗羽はクッキーを手づかみでポケットに放り込むと。

「涼くん、後でお姉ちゃんの部屋来てね、宿題教えてあげるからっ」

それだけ言って、プロフィールの束を抱えてぱたぱたと部屋を駆け出していった。

部屋に残されたふたりは開けっ放しのドアを見詰めていたが、母が疲れた溜息をつく。

「……まったく、あんたが小学校を出たときに家を出しておけばよかったわ」

「な、何言い出すのさ、いきなり……」

涼太の額に冷や汗が滲む。実際、一条家にとって男の存在はそれくらいのものなのだ。息子として姉と変わらず大切に育てられてきたが、本家の浮沈に関わるとなったらあっさり放り出されてしまう。

「あんたがいつまでもお姉ちゃん離れしないから紗羽が弟離れできないんじゃない……はぁ、今からでも何とかならないかしら……せめて――」

やがて母は何やらぶつぶつ言いながら休憩室を出て行った。

ひとり残った涼太はようやく息をつく。

母の言葉は事実だった。本当は大好きな姉から離れたくなんてない。しかし、一条家のしきたりの中では涼太の存在など吹けば飛ぶようなものだし、姉がどんなに大切にしてくれてもやっぱり一条家に逆らうことなんてできないだろう。

「はぁ……」

ずっと姉と一緒にいられたら。ただそれだけなのに――溜息をついた涼太はのそのそと姉の部屋に向かうのだった。

「いらっしゃい♪　ほら、座って、座って」

姉の部屋に招き入れられた涼太は、促されるままにちゃぶ台に向かっている姉の横に腰を下ろす。

姉の部屋は昔からほとんど変わっていない。涼太の部屋とは違って和室がベースになっていて、可愛らしい丁度品こそ置かれているものの落ち着いた雰囲気の部屋だ。和室の匂いに混ざってほんのりと香るのは姉の匂いだろうか。彼は昔からこの部屋が好きだった。優しいのに、胸がどきどきするような。

「今日は数列の授業だったよね。はい、五十六ページを開いて」

どういうわけか姉は涼太の授業の範囲まで知っているが、涼太にはもう気にもせずに教科書を開く。姉は昔からずっとこうだったし、教え方もうまい。

「で、この項からこの項までの式を――」

「それで、ここを解けば――」

「………」

教科書の数式を指でなぞる姉の姿を、涼太は横目でちらちらと観察していた。

ペンを握る手つき、垂れた髪を耳にかける仕草、ゆったりとした口調、ほんのりと香る匂い、成長して変わっていく部分はあっても姉の大事な部分はずっと変わらなかった。

それでも、姉が涼太に見せない面があることも知っていた。一条家の大事な部分に関わるときの、自身を厳しく律する隙のない姿。いわば弟大好きの『お姉ちゃんモード』に対して厳しい『しきたりモード』があるのだ。これからの姉は『しきたりモード』の面も増えていくはずで。

「こーら、涼くん？　お姉ちゃんの話を聞いてますか？」

気がつくと、姉がペンの頭で彼の頬をつついていた。

「あ、ご、ごめん……」

「今日は考えごとでもあるのかな？」

言って、姉は彼の顔を覗き込んでくる。少し困ったような、それでいてからかうような。

「だって……」

目を逸らした涼太はそばに積まれているプロフィール用紙の束をちらりと見る。

「……紗羽ねぇ、大変なのに俺のことばっかりだし……あのままでいいの？」

先ほど母に言われた言葉がまだ頭を離れない。『あんたがもうちょっとしっかりしていたら――』こんなことにはなっていなかったかもしれないのだ。

彼の言葉に姉は口をとがらせる。

「お姉ちゃんはいいんだもん……涼くんが一人前になってからで」

姉には珍しい抵抗だった。いつもは何でもてきぱきとこなすのに、婿選びだけは宿題を嫌がる子供のようにほったらかしにしている。

「でも、本家の人達が……」

そんな弟の言葉に紗羽は恨みがましげな目を向けてくる。

「涼くんもお姉ちゃんに結婚してほしいんだ……お姉ちゃんが誰かのお嫁さんになっちゃってもいいんだ……」

「そんなのやだよっ！　紗羽ねぇと離れたくないっ！　紗羽ねぇが結婚なんて……」

思わず言葉が口をついて出ていた。彼自身、姉が婿を取る、結婚するという一般的な意味はわかる。が、姉のそれは違うのだ。婿を取る目的は恋愛とか家族とかではなくて——。

「俺が紗羽ねぇと結婚できたら——」

言いかけた涼太は思わず口をつぐむ。自身の顔が真っ赤に染まっていくのがわかった。これでは姉の一番の繁殖相手は自分だと言っているようなものだ。

そんな彼の頭にそっと手が置かれる。くすりと笑う声に顔を上げると。

「もぅ、涼くんはお姉ちゃんがいないとだめだなぁ……」

いつものように苦笑する姉がいた。弟のわがままに困っているけれども、それがまた可愛くて仕方ないような。

「うぅ……」

恥ずかしいけれどもやっぱり自分には姉が必要なのだ。こうして姉離れできないから姉も弟離れできないとわかっているのに。

「大丈夫っ、お姉ちゃんに任せなさいっ」

そう言って、紗羽は昔からしていたように胸を張る。

「ん……」

姉の言葉に涼太は素直に頷く。何が大丈夫なのかはわからない——一条家のしきたりをはねのけられるわけでもないだろう。それでも、姉に任せれば何とかなる気がするのだ。弟の自分には『お姉ちゃんモード』だけあればいい。

結局、涼太はいつものように姉に勉強を教えられるまま、お菓子を一緒に食べる頃には心配事は頭の片隅に追いやられてしまっていた。

☆

「それじゃ、わからないことがあったらすぐに聞きにくるんだよ」

「うん、わかった。ありがと」

弟が襖を閉じて出ていくのを見送った紗羽は畳に倒れ込み、そばに放ったままのものをちらりと見やる。面倒事の塊が積み上げられていた。

「そんなの私だってわかってるよ……」

一条家のしきたりのことも、自分の婿選びがどういう影響を与えるかについても。我が家のしきたりについては物心がつく前から教育されてきたので、紗羽にとっては時がきたら果たすべき役目として当たり前だった。けれども――。

「何なんだろ、結婚とか、跡継ぎとかって……」

頭で理解していることと心で納得することには大きな隔たりがある。いくらそういう役目だと教育されてきても――今こうして目の前に迫っていても――未だに自分の身に起きている気がしない。

もちろん次期当主としてのプレッシャーも感じてはいる。母の焦りもわかるし、本家の浮沈も理解できている。すべて自分の婿選びにかかっているのと思うと、押し潰されそうな重圧を感じる。

自分を取り巻く状況は理解できるのに、自分の気持ちだけわからないのだ。

「あーあ……」

溜息混じりの欠伸を漏らし紗羽は天井をじっと見つめる。

一条家のルールの中で生活し、学校の生徒達のような恋愛や交際などというものにも無縁だった。それではあんまりだと思ったのか、母の手引きで男性を紹介されることもあったが、丁重に断ってきた。弟以外には興味がなかったからだ。

「………涼くん、可愛いよぉっ」

先ほど弟が口にした言葉を思い出し、紗羽は思わず枕に顔を埋める。『結婚できたら』。弟からそんなことを言ってもらえるなんて。思い出すだけでにやけてしまう。

紗羽にとって涼太は素直で、可愛くて、世界で一番大切な宝物だ。そんな宝物を手放すなんてできるわけがない。

『紗羽ねぇと離れたくないっ!』

「はぅ……ぅぅぅ……涼くん、涼くん……お姉ちゃん、切ないよぅ……」

胸を締めつけられるような愛おしさに、紗羽は思わず手を当てていた。

自分でもこんな感情は弟に向けるものではないことはわかっている。最近は弟を思う気持ちが『可愛い』だけではなく、どこか邪《よこしま》なものになってきているのだ。本当は母が紹介してきた男性に向けるものなのに。それでも、この気持ちに嘘はつけなかった。

「……大丈夫、お姉ちゃんに任せなさい」

その言葉を再び口にする紗羽。弟のためならお姉ちゃんは何でもできてしまうのだ。紗羽の心はもう決まっていた

★

翌朝――。

「今日は生徒会の集まりがあるから、ちょっと待っててね」

「うん、わかった」

姉に手を引かれて廊下を歩きながら、涼太は生徒達の露骨な視線を全身に感じていた。男子にとっては紗羽は憧れの女性だ。この学校の男子すべてが姉の婿になりたがっているだろう。しかし、候補となる男性は財閥の御曹司だったり、一流のアスリートだったり、とても自分達が敵う存在ではない。それなのに、何故すぐそばに『お前』がいるのかと彼らの視線が訴えていた。

「………」

姉が自分しか見ていないことは涼太にとっては幸せなことだ。が、こうして一番近くにいられることは彼の男としての自尊心の一部をちくりと刺した——自分はただの弟にすぎないからこうしていられるのではないか？

気がつくと姉が立ち止まっていた。涼太の教室の前だ。

「はい、到着。あ、忘れ物は？　辞書はある？」

「だ、大丈夫だからっ、もう、紗羽ねぇは心配しすぎっ！」

こうやって姉が世話を焼くから、他の生徒達の嫉妬を集めてしまうのだ。気まずさと歯がゆさに閉口した涼太は、姉を振り切って教室に逃げ込むのだった。

(やっぱり、俺ひとりじゃだめなのかな……)

結局のところ周りが自分を見ているのは『一条紗羽』の弟としてだけだ。何でも姉に世話をされている甘ったれの弟にすぎない。そんなことを考えているとき。

「ね、一条くん。菱田《ひしだ》デパートの息子から連絡があったっていうけど、ホント？」

いつの間にかクラスの女子が彼を取り囲み、好奇の視線を向けてくる。彼女達が言っているのは駅前にある複合型デパートのことだ。

「……俺は知らないよ。この前会いに来たっていうのは聞いてるけど」

「うそっ、マジでっ？　じゃあ、結婚するかもしれないんだ？」

「じゃあ、逆玉じゃんっ、ちょっといきなりすぎない？」

女子達は何やら黄色い声を上げている。

姉の婿選びは男子とは違う意味で女子にも注目の出来事だった。一体姉がどんな男性を選ぶのか、果たして相応しい男性なのか、ふたりの想いは……女子達はそんな男女関係をゴシップ的に楽しんでいるのだ。もちろん同性として幸せな結婚を願ってもいるだろう。

「………」

女子達がぺちゃくちゃ話しているのをぼんやりと聞きながら、涼太は内心溜息をつく。

もう姉や自分の気持ちなんて周囲には関係ないのだ。一条家の親族はもとより、その相手となる家、学校、関係企業。姉弟ではとても逆らえない大きなうねりに飲み込まれていくのを感じ、言いようのない不安を覚えていた。


そして昼休み――。

「今日は生徒会室使ってるみたいだから、お姉ちゃんの教室にしようか」

「うん、ちょっと恥ずかしいけど……」

涼太は姉に手を引かれるまま廊下を歩いていたが、落ち着かない気分でいた。もちろん、生徒達の視線が集まっているせいもあるが、昨日の話がまだ引っかかっていた。

「紗羽ねぇ、昨日の話だけど……ばあちゃんが出てきたら……」

「もぅ、涼くんは心配性だなぁ。大丈夫、お姉ちゃんに任せなさいっ」

彼の言葉に苦笑した紗羽は胸を張る。昨日はあれだけ祖母を恐れていたというのに、このマイペースさには涼太も驚くばかりだ。やはり姉に任せれば何とかなるかもしれない。

――。

喧騒に満ちていた廊下の気配が変わり、姉弟は足を止めていた。気がつくと廊下はしん、と静まり返り、向こうから誰かがやってくるのがわかる。

生徒達が廊下の左右にわかれ、ふたりの前に姿を現したのは――。

「紗羽、坊……久しぶりじゃな」

祖母とそのうしろには気まずそうにしている母――恐らく祖母を制止しようとしたのだろう。先頭に立つ祖母は小柄にも関わらず異様な存在感を放ち、周囲の生徒達も呑まれて身動きひとつ取れずにいる。

「おばあ様……お久しぶりでございます」

涼太を背中に隠しかろうじて挨拶の言葉を口にする姉だが、その声は緊張で掠れていた。

「まだ婿を選んでないと聞くが……」

「えと、その、実は……」

挨拶も返さずに詰め寄ってくる祖母に、姉は先ほどの勢いもなくなっている。背後に涼太がいなければ後ずさっていることだろう。

「男なぞそこまで悩むことでもなかろ？」

祖母の言葉はぶっきらぼうでいてどこか達観しているようにも感じられる。実際、一条家の当主なら男など取り換えようと捨ててしまおうと構わない。大事なのは跡継ぎを残すことなのだから。

「お母様、紗羽はまだ――」

「黙りなさい、多恵。わしは紗羽と話をしてるんじゃ」

助け舟を出そうとした母はぴしゃりと言い放たれ、黙り込んでしまう。

「紗羽……まさか一条家の習わしに刃向かうつもりではあるまいな？」

言って、祖母の目がすがめられる。横で呆然と見ているしかない涼太でさえ背筋が粟立つほどの凄みがあった。

周囲の生徒達もただその場に立ち尽くし、ことの成り行きを見守っている。

「男が決められないならいっそわしが――」

祖母が言いかけたときだった。

姉がひゅっ、と息を吸い込むのがわかった。そして涼太の腕を掴み、引き寄せたと思った瞬間。

「私は一条涼太を婿にします」

その声は一切の迷いがなく、祖母をじっと見つめる表情には一切の隙がない。『しきたり

『モード』の姉が顔を覗かせていた。

「紗羽ね——？？？」

　姉は自分を婿にすると言ったのだ。それはわかっているのに、耳にした言葉と頭に入ってきた言葉が同じだとは思えないような感覚だった。

　それは祖母、母、周囲の生徒達も同じようだ。廊下は先ほどとは違う不思議な空白に静まり返っていたが、やがてそれぞれの反応が始まる。

　姉の真意を確かめるようにじっと見すがめる祖母、額に手をやる母、そして生徒達の言葉にならない何かが廊下をひたひたと伝わっていく気配。

「ふむ……」

　祖母の好奇の視線は今度は涼太に向けられる。頭のてっぺんからつま先までじっと観察する目には人間味がない。ただ、姉を孕ませる牡として役立つかどうか見定めるような。

「坊には荷がすぎると思うがの……」

　涼太自身まだこの状況が実はよくわかっていないが、祖母の言葉の意味は明確だった——お前は姉にふさわしい男ではない。

「まぁ、お前も一条家の女じゃ……その言葉、二言はあるまいの？」

「はい、必ず涼くんの子供を産みます。婿にふさわしい男だと認めてもらいます」

『しきたりモード』の姉の声には涼太が聞いたこともないような芯の強さがあった。

事実、次期当主が選んだ婿は他のすべてに優先される。たとえ祖母でもおいそれとは覆せない。逆を言えば婿に選ばれるということはそれだけ重大なことでもある。

やがて祖母は退屈そうに息を吐き出した。

「……月のものが二度過ぎるまで。それまでせいぜい励むがよかろ……」

それだけ言って、祖母は身を翻して歩いていく。その後に母が続いた。

やがて祖母達の姿が廊下から消えると、固唾を飲んでいた生徒達の反応が始まる。驚き、失望、困惑、羨望、様々な感情がざわめきとなり、生達達の口を伝わり、どよめきに変わっていった。

「ふぅ………」

ずっと涼太の腕を掴んでいた紗羽がほどかれる。初めて気がついたが、その手は微かに震えていた。もういつもの『お姉ちゃんモード』だ。

「その、紗羽ねぇ、えーと………俺？」

自分でもまだその言葉が信じられない。口にするのさえ憚られた。

が、そんな涼太に姉ははにかむような笑みを浮かべる。

「そうだよ、涼くんがお姉ちゃんのお婿さんですっ、ほら、お昼休み終わっちゃうから、早く行こ」

「う、うん……」

すべてがわけのわからないままだが、姉の婿になれるかもしれないという高揚感だけは確かなものだ。半ば夢見心地で、ざわめく生徒達を残して姉についていくのだった。

『一条涼太を婿にします』

午後の授業中、涼太は心ここにあらずでずっと姉の言葉を反芻していた。もっと喜ぶべきだとわかっているのに、何度思い返しても自身のこととして染み込んでくる感じがしない。突然覚めてしまう夢を見ているような。

「…………」

『月のものが二度過ぎるまで──』

祖母の言葉も頭を離れない。姉の話では、これから妊娠しやすい数日間の排卵日と──妊娠していないのなら──月経を二回繰り返すことになるらしい。姉の生理周期でふた月ほどの子作り期間になるが、涼太は難しいことは考えずに子作りに励めばいいとのことだ。

(俺、本当に紗羽ねぇと子作り……するんだ……)

男女が愛し合う行為にも関わらず姉はまるで年中行事について話しているようで、やはり現実感がなかった。その一方──。

クラス中から向けられる視線が、皮肉にもそれが現実だと教えてくれていた。

男子から向けられる羨望や嫉妬の裏にあるのは『どうしてお前なんだ』という反感。

女子の視線はもっと露骨だ。釣り合っていない、負けている、『お前は違うだろ』という冷淡さ。総じて感じるのは祖母と同じ『お前は相応しくない』という単純な評価だ。

そして男女ともに『本当に姉弟でするのか』という好奇も混じっていた。

(そんなのわかってるよ、俺だって……)

それでも引き下がるつもりはなかった。相応しくなくても、大好きな姉とずっと一緒にいられればそれで構わないのだ。

一方では姉の婿になれる夢見心地の感覚、一方では周囲からぶつけられる現実的な視線。午後の授業中、涼太は現実味のない夢と厳しい現実の間をぼんやりと行き来していた。

姉の『宣言』の影響は当然彼らの実家にまで波及していた。

「「………」」

応接間に呼び出された姉弟は正座して、両親と向き合ったまま黙り込んでいた。学校から帰るなり待ち構えていた母に連れてこられたのだ。

向かい合う母は険しい表情のままだが、父はどこか困ったように顎を撫でている。

(うぅ、どうしよう……)

姉が言い出したこととはいえ、両親にとっては自分の子供達が子作りをして夫婦になろうというのだ。どんな気持ちでいるのだろうと考えるだけでくらくらしてくる。

「……紗羽、本当にこれでいいのね？」

「はい。私の選んだ男性に間違いはありません」

紗羽は母を真っすぐに見つめ、凛とした声で返す。

覚悟を決めた姉の返事に母は溜息をつく。

「まったく……あんたのことだからまさかとは思ったけど、まさかねぇ……で、涼太」

「は、はいっ」

母に水を向けられ、涼太は慌てて顔を上げる。

見つめ返してくる母の目は一条家当主としての厳しいものだった。

「あんたはちゃんとわかってる？　紗羽と子供を作るのよ？　いつまでもお姉ちゃん、お姉ちゃんじゃなくて、ちゃんとできる？」

母のあけすけな言葉に顔が赤くなるのを感じたが、適当に誤魔化すことはできない。それが涼太の役目なのだ。母や本家の人間にとっては、姉弟であることなどしきたりの前ではどうでもいいことだ。実際、一条家の中で認められるかどうかがすべてであって、役所が姉弟婚を受け入れるかどうかなどの行政は関係ないし、さらには世間の倫理観さえ及ばない世界なのだ。

「……だ、大丈夫ですっ、ちゃんと紗羽ねぇに相応しい婿になりますっ」

涼太は緊張に掠れる声で答える。いきなりの展開だが、大好きな姉と結ばれずっと一緒にいられるのだ。できないなんて言うつもりはなかった。

　母はしばらく涼太の目を覗き込んでいたが、やがて溜息をついた。

「あんたが婿に相応しいかどうかは紗羽が子供を産めるか、それがすべてよ。お父さんから何か言うことは？」

「おお、俺か？」

　横で腕を組んで話を聞いていた父が顔を上げる。父はこれだけ母と近しい関係にあるのに、中枢には関わらずグループの傘下企業で働いている。一条家にとって男はそれくらいのものなのだ。だからこの騒ぎにも危機感を覚えていない節があった。

「……父さんは元々本家の人に呼ばれてきたんだ。だから、母さんと恋愛をしてこの家に入ったわけじゃない。それでも、母さんと一緒になれてよかったし、お前らを産んでくれてよかったと思ってる」

「…………」

　涼太は意外な思いで父の言葉を聞いていた。あまり自分のことを話さない父にしては意外な話だった。母さえも意外な言葉を気恥ずかしそうに聞いている。

「だから、お前達には幸せになってほしい。もちろん一条家のしきたりは絶対だが、ふたりの気持ちも大切だ。しっかり子供を作って幸せになるんだぞ」

「「はい……っ」」

父の言葉に勇気づけられた姉弟の返事は力強い。姉弟で子作りに励めとは突拍子もない言葉だが、それが一条家の現実なのだ。姉弟が幸せになるためには子供を作るしかない。

やがて話は済んだとばかりに母は腰を上げる。

「それじゃ、後はふたりの好きにしなさい。ほら、行くわよ。お父さん」

「おお、それじゃ、ふたりともしっかりりな」

母に引っ張られるようにして父もとことこ部屋を出ていく。

そして広い応接間には姉弟だけが残った。

気まずいような、くすぐったいような沈黙の中、姉がそっと涼太の手を取る。

「えへへ、それじゃこれからよろしくお願いしますっ、涼くん」

「う、うん……」

まるでこれからままごとでも始めるかのような、姉の無邪気な言葉にも涼太もつい以前のように頷いてしまう。そして姉の手を握り返すのだった。

(俺、本当に姉ちゃんと……)

子作りをしてしまうのだ。未だにこの状況を理解できているとは思えない。

自分に本当にできるのだろうか？　姉に欲望をぶつけてしまってもいいのだろうか？　これから姉をどう見ればいいのだろうか？　様々な気持ちをどうしていいのかわからないまま、涼太は姉の顔を見詰めるのだった。

その日の夜——。

一条家の夕食はいつもと変わらず静かだった。両親と姉弟、四人だけでほとんど言葉も交わさずに食べる。家のしきたりにはほとんど関わらない父や涼太も、食事のマナーは従わなければならない数少ないものだった。

「………」

味噌汁をすすりながら、涼太は隣の姉が食べる様子を横目で窺っていた。

あまり厳しく躾けられてこなかった涼太と違い、姿勢、箸の持ち方、お椀の持ち方、すべてが折り目正しく見惚れてしまうほどだ。いつも着ている和服姿も相まって、一条家の当主となるべき気品のようなものさえ感じられた。

（いつするのかな……今日から？　どこまでしていいのかな？　紗羽ねぇの身体に触ったり……キスとかしたり……）

午後の一件からそんな妄想が膨らむばかりだった。昔から可愛がってくれた姉と男女の関係になってしまうのだ。にわかに想像できないだけに、逆に妄想は膨らんでしまう。

そんなことを考えながらもそもそと食事を続けているときだった。

「ごちそうさまでした」

ことりと箸をおいた紗羽はそっと腰を上げたかと思うと涼太の耳に口を近づける。

「後でお風呂入ったらお姉ちゃんの部屋においで……」

「…………は、はいっ」

耳元で囁《ささや》く姉の言葉に、頭の芯が熱くなるような感覚が涼太を襲う。本当にしてしまうのだ。それも今夜。

そして彼の反応を確かめた姉はくすりと笑い、やがて部屋を出て行った。

(俺、しちゃうんだ……紗羽ねぇと……！)

いたずらに誘うような姉の声音もさらに彼を興奮させた。いつもああやって一緒に夜更かしをしたり、こっそりお菓子を食べたりするのに、今日は子作りのお誘いなのだ。

半ば知らんぷりをしている両親には気づかないまま、涼太は味もわからない夕食をかき込むのだった。


夜半近く、涼太は自室をうろうろと歩き回っていた。

「そろそろいいかな……いいよな……？」

風呂には入ったし、歯も磨いた。ネットでいろいろ検索したし知識も充分のはずだ。本当は今すぐにでも向かいたいが、あまりがっついていると思われるのも恥ずかしい。そんなこんなでずっと部屋をうろうろしていたが。

「…………もういいよなっ」

とうとう涼太は部屋を出た。

ほとんど明かりのない長い廊下を足音を殺して歩き、姉の部屋の前についた涼太は襖に手をかけて深呼吸する。姉の部屋に入るのにこんなに緊張するのは初めてのことだ。向こうにいるのは一体どんな姉なのだろうか。

そしてそっとふすまを開けた先にいたのは——。

「お待ちしておりました」

和服姿で正座していた姉がそっと頭を下げる。『しきたりモード』の姉だった。

「う……わっ、紗羽……ね……」

今まで見たことのないその雰囲気に涼太は息を呑む。

風呂上がりのしっとりとした黒髪、大人びた表情、涼しげな瞳、照明が押さえられた室内で、その艶っぽさはぞくりとするような色気があった。

そしてその横にある枕がふたつ並べられた布団がこれからすることを意識させた。

「えと、うん……その……」

涼太は気まずい思いで腰を下ろす。普段とは別人のような姉の姿にはやはり気後れする。

と、姉が微かに息を漏らすように笑った。

「えへへ、やっぱりちょっと恥ずかしいね……」

「う、うん……」

はにかんだような笑みがさらに涼太を昂らせる。自分のためにここまで準備をしてくれたのだ。それがまた習わしで交わることを意識させ、くらくらするような背徳感を覚える。

しかし続く姉の言葉は意外なものだった。

「ごめんね、涼くんの気持ちも考えずにいきなりお婿さんにしちゃって……お姉ちゃんとするの、嫌じゃないといいんだけど……」

探るような視線を向けてくる姉の表情はどこか不安そうに曇っている。まるで遊びに誘った弟に嫌がられるのではないかと心配しているような。

「嫌じゃないよっ、その……紗羽ねぇと子作りできて嬉しい……紗羽ねぇのこと、ずっと好きだったから……こういうこともしたいって、思ってたし……っ」

言ってからしまったと思い、涼太は俯く。自分の顔が真っ赤になるのがわかった。まさかこんなタイミングで姉に欲情していたことを白状してしまうとは。

「ふふっ、ありがと……お姉ちゃんも涼くんと子作りできて嬉しいよ」

顔を上げると、姉が艶っぽくも優しい笑みが浮かべていた。

姉弟なのにこんな想いを共有してしまった。気恥ずかしくも、くすくす笑ってしまいたくなるような高揚感だった。

そして姉はそっと居住まいを正したかと思うと。

「それじゃ、涼くん………お姉ちゃんに子種をください」

姉の口から出た『子種』という言葉に、涼太の心臓が跳ねる。

「うん、こちらこそ……よろしくお願いします……」

とうとう姉と子作りをするのだ。涼太は緊張に掠れた声でようやく答えるのだった。

「えと……じゃあ、服、脱ごっか……」

「うん……」

涼太はのろのろと服を脱いでいく。こんなときになってもやはり人前で裸になることは恥ずかしい。誰か——特に大好きな姉——に見られる羞恥《しゅうち》は強烈だった。しかも、既に勃起しているモノを見られるなんて。

そんな彼の緊張を知ってから知らずか、紗羽も和服をそっとはだける。ふくよかな胸元、まくり上げられた裾から覗く太ももは姉の艶っぽさをさらに際立たせていた。

(うぅっ、紗羽ねぇ、やっぱりエロい……っ)

姉が見せる肢体は涼太の劣情を直接刺激する。下半身はさらに熱く疼き、肉棒は腹につかんばかりにいきり立っていた。

「わっ、涼くんの、そんなになるんだ……」

そんな彼の下半身に目をやった姉は微かに驚いた声を上げる。それでいてどこか好奇心の混じったような声だった。

「ごめん、もうこんなになっちゃって……っ」

もちろん、これからすることは男女の行為だとわかっている。それでも、自身の劣情をあからさまに主張していることはやはり気まずい。

「いいんだよ、お姉ちゃんで興奮してくれてるんだよね？」

そんな涼太に紗羽は顔を赤らめながらも、いつもの柔らかな笑みを浮かべる。

姉の表情に彼の肉竿はまたびきっ、と張り詰めた。気恥ずかしさは残っていたが、興奮が羞恥を遥かに上回っている。しかし。

「えーと、これからどうすれば……」

この後どうしていいかわからない。ネットでいろいろ調べてはきたものの、最初に姉にどう触れていいかさえわからないのだ。

と、そんな弟の動揺を読み取ったかのように、紗羽がそっと彼の足元に屈み込む。

「ね、最初はお姉ちゃんにさせてくれる……？」

そして涼太の肉棒をそっと掴んだ。

「えっ、紗羽ね――」

そして、涼太が言い終わる前に肉傘にそっと舌を這わせる。

「……うあっ？　えっ、何やって――」

姉の舌先が亀頭に触れるなり、未知の刺激に涼太の声が上ずる。まさかいきなりこんなことをしてくれるなんて、涼太は思わず腰を引きそうになるが。

「んっ……だって、大切なお婿さんのおちんちんだもん、ちゃんとお世話しなきゃ……」

紗羽は構わずに涼太の肉棒を舐め回す。舌先で鈴口、カリ首、裏筋と細かな凹凸に唾液を塗りつけていった。

（嘘だろっ、紗羽ねぇがこんなこと……うぅ、こんな……こと……っ）

いつもの姉からは想像もできない大胆さに、くらくらするような非現実感が涼太を襲う。

今日もずっと一緒にいて、涼太をたしなめたり、笑ってくれたり、同じものを食べていた口が肉棒に触れ、舌がぬらぬらと這い回っているのだ。

「んっ、ろう……？ このへんが、ちゅっ……いいのよね……れるっ、ちゅっ……」

肉竿に舌を這わせながら、紗羽は顔を傾け涼太に流し目を向けてくる。髪をかき上げるその仕草も相まって、背筋がぞわつくような性感が涼太を襲った。

「くっ……うぅ、紗羽ねぇ……うますぎっ、何でこんなこと……っ」

「んふっ、お婿さんのために練習してきたんれすよ？ このへんがいいんらよね……れるっ、れるっ……んふっ、ちゅっ」

紗羽は微かに目を細め、涼太の反応を確かめながら肉竿を舐め回す。

（すごっ……本当に俺のためにこんなこと……っ）

大好きな姉が足元に屈み込み、ただ弟の肉棒の世話をしてくれる。その興奮に涼太はいつしか羞恥も忘れ、姉の口奉仕に夢中になっていた。

☆

（はぅぅっ、涼くんのおちんちん、すごいエッチ……お姉ちゃん、もう止められないっ）

自分でもはしたないことをしている自覚はある。にも関わらず紗羽は夢中で弟勃起に触れ、舐め回していた。最初は少し怖かったけれども、何しろ大好きな弟の身体の一部なのだ。弟の身体の隅々まで知りたい紗羽にとっては、男性器でさえ愛おしかった。

（涼くんの……こんなになって……うぅぅぅ、これ、すごい……こんななんだっ）

手の中の肉竿は熱く、想像していたよりもずっと硬かった。包皮の剥けた先端が赤く充血している様も妙に生々しい。そして、石鹸の匂いに混じって微かに漂ってくる息の詰まるような男の子の匂い。弟の身体にこんなにたくましい部分があるとは思いもしなかった。

「ふぅっ……ふぅっ、紗羽ねぇ、うぅ、そこ……」

それに弟の反応もたまらない。見つめ返してくる瞳は熱っぽく、吐き出す息も荒い。紗羽の口で反応しているのは明らかだった。

（あぁ……これ、すごい……こんなのいくらでもしてあげられるよぉ……っ）

弟の反応のひとつひとつが新鮮で、紗羽の胸を熱く締めつける。

まさか男の人のおちんちんを舐めるのがこんなに楽しいとは思いもしなかった。きっと涼くんのおちんちんだからだ。昔からいろいろお世話をしてきたけど、まだまだできることがあると思うだけで嬉しくなる。それに――。

「んっ、ちゅっ……れるっ、涼くんのおちんちん舐めてたら……お姉ちゃんもどきどきしてきちゃう……れるっ」

弟のたくましい部分に自身の身体が反応しているのがわかる。硬く反り返る牡竿のたくましさはもちろん、次第に濃く香ってくる青臭さに、秘部が濡れるのを感じた。

（ぁ、やだ……私、濡れてきちゃってる……私も興奮しちゃってるんだ……）

生まれて初めて覚える感覚に戸惑いつつも、紗羽の身体はそれを受け入れていた。身体が弟を求めてじくじくと疼いているのだ。今までどんな男性にも覚えたことのない感覚は意外にも不快なものではなかった。弟が大好きで、受け入れたくて、何でもしてあげたくて、そんな気持ちの延長線にあるような――。

「ちゅっ……ちゅぅっ、れるっ、涼くん、お姉ちゃん……もっとほしくなっちゃうっ」

弟がほしい。弟の肉棒が愛おしい。募る想いのままに紗羽は弟勃起の先端に吸いついた。

「うぁっ？　ぁぁっ、紗羽ねぇ、それっ、だめ、くぅぅっ……」

上ずった声を上げる涼太の肉棒が跳ね、先端の割れ口から透明な粘液が染み出す。

（はぅぅぅぅうぅっ？　涼くん、そんな可愛い声出したら……お姉ちゃん、もぅ……っ）

そんな弟の反応に、紗羽の胸がきゅっと締めつけられ、秘部の奥からこぽりと愛液があふれ出す。

「んふっ、可愛いお婿さんにはお姉ちゃんがもっとお世話さしあげちゃいまふよぉ……？」

そして紗羽は大胆に弟勃起を咥え込んだ。

★

「なっ、ぁあっ、紗羽ねっ……うあっ、口に入れ……だめだって、そんなことしたらっ」

姉の大胆な行為に涼太の腰がかくつく。まさか舐めてくれるどころか、口に入れてくれるなんて。嬉しいけれどもすごくいけない感じがする。

が、そんなことをしているにも関わらず、紗羽は弟勃起を咥えながら不思議そうな目で見上げてくる。

「何れ？　大事なお婿さんのおひんひんのおせわをするのはお嫁さんの務めれひょ？」

そして咥え込んだ弟勃起をずろずろとしゃぶり始めた。唾液にぬめる唇で肉竿をぬらぬらとしごき上げ、同時に口内粘膜を押しつけ、舌を肉傘に絡めてくる。

「ひっ、そんな……うぁっ、ぁあっ……紗羽ねぇっ、ぅうっ」

いつも優しくおしとやかな姉が、その口で肉棒を大胆に咥え込み、射精に導いてくれる。

今までに味わったことのないとろけるような性感も手伝い、熱い奔流が腰の奥からずるずると這い上がってきていた。

「んっ……ふっ、ふぐっ、はむっ、んむっ……おひんひん、びくってひた……もう出るんらよね？　いいよ、らひてっ？」

肉棒をくぽくぽとしゃぶりながら、姉は探るような目を向けてくる。その表情はいつものように優しく弟を導く表情だった。

「うぅっ、でも……っ」

そんな姉の表情にまたずるっと劣情の塊が這い上がってくる。このまま姉の口の中で射精したらどれだけ気持ちいいだろう。そんな欲望の一方、大好きな姉の口を汚してしまうことが放出を躊躇《ちゅうちょ》させたが。

「いいんらよ、お姉ひゃんに種付けしてくれるらいじなお汁らもん……お姉ひゃんのくひにらひて？」

紗羽は構わずに弟勃起をしゃぶり回し、追い詰めていく。唇をきゅっと締めつけてしごき立て、同時に舌の腹で肉傘の縁を舐め擦った。

「……うっ、うぅぅっ、出るっ」

優しく追い詰められるようなご奉仕刺激に、とうとう涼太は限界を迎える。うめき声とともに姉の口内で牡液を吐き出した。

「んっ……ぐっ、んぅぅぅっ？　涼くんのお汁、れたぁっ……ぁぁぁ、ひゅごっ…」

喉の奥で驚いたような声を上げながらも、紗羽は涼太の白濁を吐き出すことなく口内で受け止める。

「うっ、くっ……紗羽ねぇの口に……ごめっ、ぅぅぅぅっ」

温かな口内粘膜に包まれて射精するととろけるような快感、姉の口を牡液で汚していく背徳感に、涼太はうめき声を上げながら腰を震わせる。

「んっ……んんっ、んぐっ……ふっ、ふぅっ……いいんらよ、全部らひて……涼くんのらから……お姉ひゃんは、らいじょうぶらよ……っ」

どぱどぱとまき散らされる白濁を、紗羽は苦しそうにえづきながらも喉を鳴らして飲み込んでいく。その仕草は奉仕というよりも弟のいたずらを受け止めてくれるような鷹揚さもあって――。

（うぅ、紗羽ねぇ……紗羽ねぇが俺のを……飲んでくれて……っ）

姉がその身体に精液を受け入れてくれる。喉の奥まで精液で汚れるのも構わず。その喜びに涼太の肉竿はまたしゃくりあげ、びゅるびゅると牡液を吐き出していった。

やがて、姉の口内で欲望を吐き出しきった肉竿は次第に柔らかくなっていく。

「く……ぅぅ、紗羽ねっ……はぁ、はぁ……」

涼太は荒い息をつき、その余韻にぼんやりとしていた。口内射精の快楽はもちろん、姉がこんなことをしてくれたことに未だに現実感がない。

「……っぷはっ、んっ……こんなに濃くてたくさん……大変結構……♪」

柔らかくなったペニスを吐き出した紗羽は、口の中に残った最後の白濁を唾液とともに飲み下す。弟の子種をじっくり味わい、品評する様はやはり子作りを意識させた。

「う、うん、その……紗羽ねぇの口、気持ちよかったからっ」

姉の言葉に涼太の胸が高鳴り、下半身がまた熱くなる。やっぱり姉にそう言われると嬉しくなってしまうのだ。と——。

「それじゃ……ちゅっ、れるっ……涼くんのおひんひん、きれいにひひゃうね……」

姉がまた屈み込み、粘液まみれの涼太の肉棒に舌を這わせていく。

「うぁっ、紗羽ねぇ、何やって——」

「ちゅっ……まじゅはっ、ちゅるっ、きれいにひないと……っ」

言いながら、紗羽は丁寧に粘液を舐め取っていく。舌先、舌のへりで白濁をすくい取っては飲み込み、また舌を這わせていった。

(うわっ、紗羽ねぇがこんなことまで……)

射精直後の敏感な肉棒への刺激はもちろん、まるで猫が毛づくろいをするような丁寧な舌の動きがたまらない。柔らかくなりかけていた涼太の肉棒はあっという間に硬さを取り戻していた。

最後に肉竿を根本まで咥え込んだ紗羽は唇で粘液をこし取っていく。

「はむっ……んっ、じゅるっ……るるるるっ……ちゅっ、ちゅるっ……じゅるるるっ」

そしてちゅぽっ、と肉棒を吐き出すと。

「はい、綺麗になったよ……それじゃ……子作りしちゃおっか……？」

やはり恥ずかしいのだろう。まるで幼い頃に弟を遊びに誘ったようにもそもそと口にし、探るような目を向けてくる。

「う、うん……するっ」

姉の控えめな口調に下半身が反応し、涼太の肉竿が跳ね上がる。とうとう姉弟子作りをしてしまうのだ。想像するだけで達してしまいそうな劣情に心臓がばくばくと跳ねたが。

（えーと、えーと……これからどうすれば……）

初めての体位は何がいいのだろうか、これからどう姉に挿入すればいいのか、初めてでちゃんとできるのだろうか、様々な不安や緊張が膨れ上がり身動きが取れない。

そんな弟の戸惑いを読み取ったのか、紗羽は苦笑し、そっと弟を布団に横たえる。

「……最初はお姉ちゃんがしてあげるね、涼くんは後で頑張ってくれればいいから」

「えと、うん……」

まさかこんなことまで姉がリードしてくれるなんて。こういうときくらい男の自分がしっかりしなければ、と思いながらも、涼太はおとなしく身を任せてしまう。

そして和服の裾をまくり上げた紗羽はそっと涼太の上にまたがったかと思うと。

「じゃ、涼くんの子種……お姉ちゃんにください」

静かに告げて片手で弟勃起を掴み、もう一方の手で秘裂をぬぱっと開く。生々しい色をした粘膜が覗き、内側に溜まっていた愛液がとろりとこぼれ落ちた。

「う……わっ、紗羽ねっ……」

今からあの中に入る、それを想像するだけで肉棒がひくひくと脈動した。

「入れるね……んっ」

先端を入り口にあてがった紗羽はそっと腰を落としていく。張り詰めた亀頭が柔らかく襞を打つ蜜穴にみちっ、と入り込んだ。

「んっ……く、んぅぅっ？　ぁっ、ぁぁっ……ひっ、涼くんの、入っ……て」

途端、姉の喉から今まで聞いたことのないような苦しげな声が漏れ出す。

「紗羽ねぇ、だ、大丈夫っ？」

姉の中に入る興奮よりも心配が上回り、涼太は思わず声を上げるが。

「んっ……ふ、大丈夫だよ、お姉ちゃんに任せなさい……ちゃんと、全部、入るからっ」

いつものように微笑もうとしているのか、紗羽は微かに口元を持ち上げるが、その表情はやはり苦しそうだ。それでもゆっくりと腰を沈め、涼太を受け入れていく。

（うぅ、本当に紗羽ねぇの中に……俺のが入って……）

　みちみちときつい肉穴をかき分けていく感触、熱い肉の中に埋もれていく没入感。姉の身体の中に自身の一部が侵入していく感覚に圧倒され、涼太はただ結合部を見詰めていた。

☆

「んぅぅぅっ、くぅ……ふぅっ、ふぅっ……んっ、あっ……はっ、はっ、はっ……」

　浅い呼吸を繰り返し、紗羽はゆっくりと腰を沈めていく。心の準備をしていたとはいえ、初めて牡を受け入れる感覚はやはり強烈だった。今まで入ってきたことのない場所を割り裂かれる痛みに息が詰まるが。

「紗羽ねぇ、大丈夫？　苦しそう……」

　見上げてくる弟の表情が苦痛を和らげる。昔から優しくて、お姉ちゃんが怪我をしたりするといつもこんな顔で心配してくれるのだ。

「ぁっ……はっ、はぁっ、大丈夫だよ、ほら、お姉ちゃんの中に……もう涼くんのが、入ってるでしょ？　ちゃんと……全部入るからね……」

　弟を心配させてはならない。お姉ちゃんが頑張らなければならないのだ。弟への想いに勇気づけられた紗羽は少し腰を沈めては少し戻し、ゆっくりと弟を飲み込んでいく。

やがて紗羽は弟勃起を根本まで飲み込み、ぺたりと座り込む。

「んっ、くぅ……はぁ、はぁ……ほら、涼くんの……お姉ちゃんの中に、全部入ったよ、ぁはっ、はぁ……はぁ、涼くんのおちんちんで……女の子にしてもらっちゃったね……」

弟を安心させようと紗羽はいつものように笑おうとするが、引きつれるような表情になるだけだ。膣内深くに埋まった弟の肉棒は相変わらずきつく、内側からみちみちと押し広げるような圧迫感と脈動を感じる。

それでも、紗羽にとっては大好きな弟とつながれた充足感のほうが遥かに上だ。このきつさ、苦しさ、熱さ、脈動、すべてに弟を感じて、胸が高鳴るのを感じた。

思わず弟の手を握り締めると。

「うん、紗羽ねぇの中、熱くて……きつくて、すごい……つながってる感じするっ」

息を荒げながらも、涼太もじっくり膣内の感触を味わっているらしい朴訥なその言葉はどこか子供っぽく、紗羽の手を握り返してきた。

「えへへ、よかった……」

大好きな弟が自分を感じてくれている。それだけで紗羽の痛みは和らぐ。

「……それじゃ、最初はお姉ちゃんが動くからね……んっ、こう……やって……」

そして紗羽はそっと腰を振り始めた。ゆっくりと腰を引き上げていくと、張り出した肉傘がごりごりと膣壁をこそげていく。半ばほどまで肉竿を引きずり出し、またゆっくりと

腰を沈めていくと、閉じてしまった処女膣をみちみちと割り入ってくる。

「んっ……くっ、はっ……はぁっ、大丈夫……大丈夫だからね……お姉ちゃんが、気持ちよく……するからっ……」

粘膜同士が引きつれるような痛み、腹を押し広げられるような圧迫感に息を詰まらせながらも紗羽は腰を揺らす。肉棒の根本から半ばまでを往復する短いストロークで、じっくり弟勃起と粘膜を慣らしていった。

「紗羽ねっ……それ、すご……うぅ、はっ……はぁっ」

気がつくと、涼太は結合部をじっと見つめている。

「……涼くん、どう？　お姉ちゃん……ちゃんとできてる？」

「う、うんっ……紗羽ねぇの中、擦れて……すごい、気持ちいい」

やはりそんなことを口にするのは恥ずかしいのだろう。もそもそと口にする弟の率直な言葉を聞いた途端。

「っ……んぁっ、ぁぁ……ぇっ？　えっ……あ、何、これ……っ」

下腹部が熱く、切なく締めつけられるような感覚に襲われる。その正体はすぐにわかった――アソコが喜んでいるのだ。大好きな弟が気持ちよくなってくれているのが嬉しくて、疼いている。

（はぅぅぅ、涼くんにそんなこと言われたら……お姉ちゃん、もっと頑張っちゃうよっ）

弟が気持ちよくなってくれるなんて、お姉ちゃんとしてこれ以上嬉しいことはない。気がつけば破瓜の痛みも薄れ、膣奥からとろとろとこぼれ出す愛蜜も手伝って次第に抽送は大きくなっていく。

「ふぁっ、ぁんっ……涼くん、お姉ちゃんが……気持ちよく、ぁっ、するからねっ……んぅっ、ぁっ……はっ、あ、これ……やだ、お姉ちゃんも……んぅぅっ」

甘く痺れるような性感が痛みに取って変わっていき、紗羽の腹にこもり始める。初めての感覚にも関わらず身体は未知の快楽を受け入れ、さらにそれを味わおうと紗羽は夢中で腰を振っていた。

★

（う……わっ、紗羽ねぇの中、何だこれ……めちゃくちゃ気持ちいいっ）

初めて味わう女性の膣に涼太はただ圧倒されていた。熱いくらいに感じる姉の体温、柔らかな粘膜がみっちりと密着し、愛液にまみれた無数の襞にしゃぶられるような摩擦。

しかも、それが大好きな姉の膣内なのだ。快感も相まってこのままずっとうずもれていたくなるような子供じみた欲求さえ覚えた。

「んぁっ……ぁっ、はっ……はっ、んっ、ぁっ、お姉ちゃんの中、擦れてっ、やぁっ……」

（紗羽ねぇ、こんなエッチな顔するんだ……）

姉が懸命に腰を揺らす姿も涼太を胸を熱くする。目を伏せて腰を揺する表情は苦しそうなのにどこか切なげで、吐息には微かに喘ぎ声が混じっていた。汗ばんだ全身、抽送のたびにだぽだぽと揺れる肉房。弟を射精させるために姉が腰を振っているという事実がさらに劣情を煽った。

しかし、そんな高揚感の一方――。

（紗羽ねぇも気持ちよくなってくれてるのかな……）

これが姉の役目だということはわかっている。しかし、弟としてやっぱり姉と快楽も共有したいのだ。

「えと、その、俺も……紗羽ねぇに、できることあったら……」

自分では口にするのも恥ずかしい――姉を感じさせたいなんて。恐る恐る口にした涼太の気持ちを読み取ったかのように、姉は汗ばんだ顔に柔らかな笑みを浮かべる。

「んっ……じゃあ、涼くんもお姉ちゃんと一緒に動いてくれるっ？　ぁっ、はっ……そうすれば、もっと奥まで……入るから……ねっ？」

「う、うん……っ」

とはいえ涼太には加減がわからない。あまり姉を痛がらせるわけにもいかないし、わけもわからず姉が腰を落としたタイミングで突き上げると――。

「……きゃぅんっ？　ぁっ、涼くん、やめっ――」

「ごめんっ、紗羽ねぇ……」

今まで聞いたことのないような声に、痛がらせてしまったかと思い涼太は慌てるが。

「い、いいのっ、これは……ぁっ、痛いの『やめて』じゃなくて、気持ちいいの『やめて』だよ？　お姉ちゃんも……気持ちいいから……」

「で、でも……」

やっぱり大好きな姉に乱暴なことはできない。牡の本能を直撃するような声をもっと聞きたいと思うのに、痛がらせてしまったらと思うと――。

「もう、しょうがないなぁ、涼くんは……んっ、ほら、こうだよ……？」

弟を励ますように、紗羽は大胆に腰を揺らす。腰を持ち上げては叩き落とし、ぱちゅっ、ぱちゅっ、と肉棒を飲み込んでは吐き出した。熱く潤んだ膣洞が肉竿を締めつけ、腰を叩き落とすたびに先端が最奥部にこつこつと触れた。

「ほら、涼くんも……お姉ちゃんと一緒に、んっ、気持ちよく……なろっ？」

「ぁぅ、うん、えと……じゃあ……」

姉に促されるまま、恐る恐る涼太は腰を揺する。姉の律動に合わせ、こつこつと膣奥を小突き上げた。

「きゃぅっ……んぅっ、ぁっ、はっ、涼くん、すごい……上手だよっ、お姉ちゃんもっ、気持ちよくなってきちゃ……ぁぅっ」

　弟を励ますように腰を揺らす姉の声は次第に高まっていく。膣奥に先端が軽く触れるだけで喉から甘い声が漏れ、表情は悩ましげに、膣洞はぎゅっ、ぎゅっ、と収縮し涼太を締め上げてくる。

「ごめっ、紗羽ねっ……俺、もっ、やばいかも……っ」

　姉の痴態、膣の心地よさに下半身の奥から劣情の塊が込み上げてくる。涼太が慌てて声を上げると。

「ぁはっ、んっ、わかった……それじゃ、最後は一緒に頑張ろうね……っ」

　言って、紗羽は涼太の手をぎゅっと握り締めたかと思うと、腰を弾ませ始めた。

「うあっ、ぁぁっ？　紗羽……ねっ、それ、すご……っ」

　姉が激しく腰を叩きつけるたびに尻たぶが下腹部に当たりがたぱっ、たぱっ、と肉音を立てる。膣洞は肉竿をしごき上げ、膣奥が先端にこりこりと吸いつくように密着した。

　姉の大胆な律動、膣刺激に、涼太はただ手を握り返し、申し訳程度にかくかくと腰を揺らすので精いっぱいだった。

☆

（ぁぁっ、涼くん、可愛いっ……可愛いっ、お姉ちゃんも、感じちゃうよぅっ！）

弟の手を握り返し、紗羽は息も荒く腰を揺らす。もう痛みなどとうになくただ弟との交わりを貪り、上り詰めていくだけだ。

「はっ、はぁっ……紗羽ねっ、もう……ぅぅ」

切羽詰まった表情、熱い吐息、律動に合わせて微かに腰を揺らしてくれる姿。すべてが愛おしく、弟と交わっているという実感が快楽を押し上げた。

「いいよっ、好きなときに……んっ、お姉ちゃんの中に出してね……ぁ、やんっ」

夫婦になるのだから、子作りだってお姉ちゃん任せではいけないことはわかっている。それでも紗羽は腰を引きずり上げては叩き落とし、肉棒を膣内深くまで飲み込み、最奥部に押しつけ自らこじ広げていく。

「うく、紗羽ねっ……それ……っ？」

「んっ、ふっ、ふぅっ……こうやって、涼くんの子種をお腹の中に入れやすくしてるのっ、赤ちゃんができやすいように……」

こんなことは教えられてもいない。それなのに、お腹の奥が弟を求めていて、身体が勝手に動いてしまうのだ。同時に膣洞もぎちぎちと収縮し、弟勃起をしごき上げた。

「……紗羽ねっ……もっ……出るっ」

切羽詰まった声を上げる弟の剛直が膣内でびきっ、びきっ、と力を溜め込むように張り詰めていく。

「うん、出してっ……出して、お姉ちゃんも、涼くんのお汁……たくさんほしいっ」

膨らんだ肉竿がみっちりと膣壁に張りつき、さらに強くなった摩擦に、紗羽は夢中で腰を弾ませる。とうとう大好きな弟の精液が注ぎ込まれる。その期待に身体がぶるっ、ぶるっ、と震えた。

そして紗羽がどちゅっと腰を叩きつけ、子宮口を先端に押しつけたとき。

「……出るっ……うっ、ぐっ」

うめき声とともに弟勃起がぶくっと膨れ、次の瞬間、膣内にどぱっ、と熱液が迸《ほとばし》った。

「……きゃぅぅぅぅううっ？　ぁっ、ああっ、熱っ……これが涼くんの、ぁ、ひっ、ぁあっ、お姉ちゃんも……はぅぅぅっ」

思考を真っ白に染め上げるような膣内射精の快楽に紗羽は感極まった声を上げ、身体を強張らせる。大好きな弟の牡液が身体に入ってくる姉の悦びに、膣洞は貪欲に肉竿を絞り上げた。

「うぁっ？　ぅぅっ……ふぅっ、ふぅ、紗羽ねぇ……紗羽ねぇっ」

一方の涼太も懸命に姉を呼び、牡液を吐き出している。熱に浮かされたように必死な弟の表情が紗羽の胸を焦がした。

（あ、ぁ……私、涼くんの子供、産みたいんだ……だって、こんなに……）

白濁を注ぎ込まれる子宮の疼きが教えてくれる。子供を産みたいということはこういうことなのだ。しきたりや習わし、受精の理屈ではなく、身体が求めているのを感じた。

「ぁひっ、ひっ……涼くん、お姉ちゃんの中に……出してっ、全部……出して……っ」

大好きな牡に孕まされる。初めて覚える牝の喜び、欲求に紗羽はうっとりと視線をさまよわせ、弟を求め続ける。びゅく、びゅく、と断続的に吐き出される弟汁を受け止めるたびに子宮は甘く疼いた。

（あぁ、子作りってこんななんだ……こんなに熱くて、幸せで……お姉ちゃん、もぅ……）

熱くて、苦しくて、切なくて、嬉しくて――今までの人生で味わったことのない様々な感覚、情動が一気に押し寄せてくる。その感覚に紗羽は身体を震わせながら絶頂の波にたゆたい続けた。

★

（うぅっ、紗羽ねぇに……中出しっ、すごい……気持ちいいっ）

姉の膣内深くに牡液を流し込む快感に、涼太は腰を震わせる。柔らかな膣肉にみっちりと包まれ、搾られながらの射精は生まれてから一度も味わったことのない心地よさだった。

それに。

「んっ……ぁ、涼くんの……たくさん出るね、いいよ、ぜんぶ、ぁっ、お姉ちゃんの中に……出して、ほら……んっ」

「う、うん……」

身体を震わせ、切なげ声を上げながらも射精を受け止めてくれる姉の姿もたまらない。欲望を受け入れてもらう弟としての幸福感、種を植えつける牡としての達成感にどうにかなってしまいそうだ。

「ぁっ……はぁ、はぁっ……ん、涼くん、涼くん……っ、お姉ちゃん……んっ……ぁぁ」

息を喘がせ名を呼んでくれる姉の声、膣の締めつけをじっくりと味わいながら、涼太は膣内射精の快楽に酔うのだった。

しかし――。

「……涼くん、もうちょっとしっかりしてくれないとお姉ちゃんは困ります」

「ごめんなさい……」

交わりの後、服を着た涼太は布団に正座しひたすらにうなだれていた。

そんな彼の前に正座した紗羽は静かな声で弟に迫る。最近よく見るようになった『しきたりモード』の姉だ。

「……お姉ちゃんも涼くん可愛いから、ついしてあげちゃったけど……お姉ちゃん任せじやだめじゃない。お婿さんでしょ？」

「はい……」

何も言い返せなかった。初体験なのに姉に気後れして、ただなすがままにしてもらうだけだったのだ。男としてこんなに情けないことはないだろう。

「そんなのじゃお姉ちゃんのお婿さん失格だよ？　おばあ様も認めてくれないよ？　それでもいいの？」

「やだ……」

姉の言葉に涼太はもそも答えるしかない。いつもなら最後には笑って許してくれるのに今日は収まる気配がなかった。それだけ本気だということなのだろう。

涼太だってわかっているのだ。もっと男としてしっかりしなければ。姉を孕ませる以前の問題で、祖母どころか周囲にだって認めてもらえない。

そんな涼太を見ていた紗羽が静かに告げる。

「……お姉ちゃんにも考えがあります」

「……？」

思わず顔を上げると、厳しい表情の姉と目が合った。

「お姉ちゃんは鬼になります。可愛いから今までたくさん甘やかしてきたけど……これからは厳しく育てます」

姉がこんなことを口にするのは初めてだ。どこか現実感のない言葉に涼太は戸惑うが、姉の表情に冗談の気配はなかった。

「明日からお姉ちゃんに頼らずに何でもしなければなりません……わかりましたね？」

「……は、はいっ」

「わかればよろしい。さ、もう寝なさい」

姉に凄まれ、涼太はとぼとぼと姉の寝室を出るのだった。


ところどころで微かに軋む廊下の音さえも空しく感じながら、涼太はのそのそと部屋に向かう。

「はぁ……」

何とも言えない気分だった。落ち込んだ気分に射精後の倦怠感が相まって、ただただ気だるい。しかし何よりもこたえたのは姉に叱られたことだ。今まであんなに叱られたことといえば、小学生の頃、姉に許可を得ずに女の子の家に遊びに行ったことくらいだろうか
——それだって今日みたいに厳しくはなかったが。

「こんなのじゃだめだ……俺は紗羽ねぇの婿になるんだ」

どんなに叱られても、情けなくても、大好きな姉と一緒にいたい。離れたくないという気持ちだけは揺らぐことはなかった。姉と一緒にいたいなら自分がもっとしっかりして、姉

に相応しい男にならなければならないのだ。

「……頑張らなきゃ」

明日から一体どうなるかはわからない。それでも、ここでしょぼくれているわけにはいかない。気持ちを新たにした涼太は先ほどよりもしっかりとした足取りで自室に向かうのだった。

☆

弟を部屋から送り出した紗羽は、着乱れた服を整えて机に向かう。そして分厚い日記帳を開いた。元々は何の気なしに書き始めたものだったが、弟との日常を書き綴るうちにいつの間にか弟日記になってしまっていた。しかも、それがもう十年は続いている。

「ごめんね、涼くん……」

部屋を出ていくときの弟の傷ついた表情を思い出し、紗羽は思わず胸を押さえる。破瓜の痛みは耐えることができても、弟にきつく当たってしまうつらさは耐えがたいほどだ。しかし一条家の婿となる男は、あれではやはり務まらないだろう。

「………」

その原因が自分にあると思うとさらに胸が痛い。今まで甘やかしてきたせいで自信がなく、お姉ちゃんの陰に隠れるようになってしまったのだ。もちろん過去の自分が間違ったことをしたとは思っていないし、今だって可愛くて素直な弟には違いない。

が、もうそんな弟では許されなくなってしまった。もっと男らしく、たくましく、お姉ちゃんを孕ませられるくらいに成長してもらわなければならない――少なくともこれから訪れる二回の排卵日を逃さないように。

「…………」

一体どこから手をつけようか考えるだけでも気が遠くなる。一人前に成長してもらうためにはつらく当たることも必要だろう。

「お姉ちゃんも頑張るからね……涼くん」

紗羽だって弟に厳しく当たりたくはない。しかし、お姉ちゃんは可愛い弟を千尋の谷に突き落とさねばならない。這い上がってもらわねばならないのだ。そのためには当主としても、姉としても心を強く保たなければ。

一日の出来事を書きつけた紗羽は、覚悟を決めるように小さく息を吐き出すのだった。

二章 弟くんのたくましい子作り、待ち遠しいな

ぼんやりと目を覚ました涼太は窓から差し込む朝の光に目を擦る。

しばらくしてようやくスマホがアラームを鳴らしていると気づき、のそのそと起き上がってスマホをいじるが。

「……っ？」

表示されている時刻——七時半すぎ——を目にし、慌てて部屋を出る。いつもならもう朝食を終えている頃なのだ。わけがわからないまま廊下を走り、食堂に駆け込むと。

「おはよ、涼くん。お寝坊さんね」

紗羽が既に席についていて、のんびりと味噌汁をすすっていた。いつもと変わらぬたおやかな笑みを浮かべている。

「紗羽ねぇ、何で起こして——」

言いかけた涼太の頭にようやく昨夜の記憶が一気に甦ってきた。

姉と初体験をしたこと、姉任せで情けない子作りになってしまったこと、今日から厳しくすると宣言されたこと。

「…………何でもない。おはよう」

　笑ってはいてももう姉の厳しい教育が始まっているのだ。涼太はもそもそと口にし、姉の隣に座る。

　そして静かな朝食が始まった。

　両親は朝はいない場合が多く、いつもの姉弟だけの朝食だ。時折食事を用意するお手伝いさんがぱたぱたとやってくるが、それ以外は言葉も交わさずに食事が続く。

（紗羽ねぇ、怒ってるのかな？　でも…………）

　横目でちらちらと姉の様子を窺いながら、涼太はトーストにバターを塗る。

　昨日はあれからひと晩中、姉との行為について考えては悩み、また胸を熱くし、眠くなる頃には夜が明けかけていた。もちろん姉に怒られたことは重く圧しかかってくる。

　その一方、姉との初体験の興奮、快楽は何にも代えがたい体験だった。

（あんまり怒ってるわけじゃないのかな……？）

　横で漬物をつまむ姉はいつものままだ。立ち居振る舞い、魚の食べ方。すべてが完璧で隙がない。そして横目で涼太に見られているのに気がつくと。

「どしたの？　お姉ちゃんの顔、何かついてる？　ご飯粒？」

　言って、柔らかな笑みを浮かべるのだ。本当にいつもの姉で、昨日のことなどなかったかのようだった。と──。

「ごちそうさまでした」

箸を置いた姉は手を合わせて席を立つ。そして。

「ほら、涼くん、もう学校行く時間だよ」

「ぁっ、ま、待って、紗羽ねぇ……今っ――」

今までにこんなタイミングで姉に急かされることはなかった。本当にどんどん先に行ってしまうのだ。慌てた涼太はトーストを無理矢理口にねじ込み、コーヒーで流し込むと登校の支度を始めるのだった。


しかし、涼太が姉を追いかけて送迎車に乗り込もうとしたときだった。

「こら、涼くんは車を使っちゃだめ。今日から自分で歩いて学校に行くの」

「えっ、何で……」

涼太は思わず姉の顔を見詰めるが、いつもの優しげな表情に冗談の色はない。『しきたりモード』の姉の顔だった。

「涼くんはちょっと体力がなさすぎます。少し体力をつけなさい」

きっと昨日の行為について言っているのだろう。確かに自分には体力がなさすぎるのだ。

「それじゃ、お姉ちゃんは先に行くからね。急がないと遅刻しちゃうよ？」

それだけ言って姉は車に乗り込み、送迎車は坂の下に消えていった。

涼太は呆然と車を見送る。見捨てられた気分だった。今までこんなに心細い思いをしたことない。しかし。

「……やばいっ」

本当に遅刻しそうな時間になっている。涼太は慌てて門を飛び出て、家から通学路へと続く坂道を駆けていくのだった。

そしてようやく校門までたどり着く。

「はぁっ……はぁっ……はぁっ、着い……た……っ」

普段は車ですぐの道のりも自分の足だと信じられないくらいに長かった。もう閉門の時間が近いのかほとんど生徒の姿はないが、校舎の大時計の針はまだ八時半を指していない。間に合ったのだ。

そして涼太が最後の力を振り絞って校門を抜けたとき。

「涼くんっ、こっちこっち」

門のそばに立つ姉がぱたぱたと手を振っていた。

「紗羽ね……はぁ、はぁ……」

涼太は必死で姉のもとに走っていく。遅刻しなかったことよりも、姉が待っていてくれたことが嬉しかった。見捨てられたわけではなかったのだ。

涼太がふらふらと駆け寄ると、紗羽はその身体をそっと受け止める。

「ちゃんとひとりで来れたね」

「うん……はぁ、はぁ……」

まるで迷い犬が帰ってきたような手つきでくしゃくしゃと頭を撫で回されるまま、涼太は荒い息をつく。きっと心配で待っていてくれたのだろう。もしかしたら遅刻しないように取り計らってくれるつもりだったのかもしれない。

「ほら、もう時間ぎりぎりだから……おいで」

「……うん……」

姉に手を引かれ、涼太は息を荒くしたまま教室に向かう。

姉弟の関係が昨日までとは違っていることを周囲もすぐに察したのだろう。教室に到着するまでの間、教室や廊下から好奇の視線が注がれる。

が、くたくたの涼太には気にしている余裕もない。姉なしで何かすることがこんなに大変なのかと、頭にあるのはそんな実感だけだった。


昼休み――。

いつものように姉弟は生徒会室で昼食を摂っている。

「今日は朝から大変だったでしょ。お弁当、少し増やしたからね」

「うん、いただきますっ」

確かに朝から全力疾走することになり、いつもよりもお腹が減っていた。姉はこんなことまで考えてくれていたのだ。少し大きめの弁当箱を開き、ぱくぱく食べ始める。

「…………」

サワラの竜田揚げ、ひじきと油揚げの煮物、ほうれん草のおひたし……どれも好きなものだが、ブロッコリーだけは苦手だ。いつもなら姉が食べてくれるので、涼太はさりげなく避けて食べていたが。

「こら、好き嫌いせずに全部食べなさい。ひとりで食べなきゃだめでしょっ？」

「う、うん、わかった」

今日からは姉に頼ってはいけないことを忘れていた。姉に先手を打たれ、涼太は渋々ブロッコリーを口に放り込み、よく噛みもせずに飲み込む。

そんな涼太を見て、紗羽は相好を崩す。

「よしよし、何でも好き嫌いせずに食べなきゃ大きくなれないからね」

「うん……」

高校生にかけられる言葉とは思えないが、ブロッコリーはまだいくつも残っている。午前中でこの調子では後どれくらいのことをひとりでしなければならないのだろう。改めて、自分が姉に頼りきりだったことを痛感するのだった。

そして放課後、やはり予想通り――

「はぁ……はぁ、着いた……はぁ……もっ、無理……っ」

長い上り坂の向こうの屋敷の門が見えてくるなり、涼太は安堵する。帰り道は想像よりも遥かにきつく、何度歩こうと思ったことか。それでも姉が待ってくれていると信じて走ってきたのだ。

「おーい、涼くん、もうちょっとだよー！」

門の前で待っている姉が手を振っている。

涼太は最後の長い上り坂を駆けていくのだった。

そして――。

「はい、お疲れ様っ、よく頑張ったね」

「うん、ありがと……」

給湯室の小さな席についた涼太は姉に出されたお茶をひと息に煽る。いつも飲んでいるお茶がこんなにおいしいと思ったのは初めてだ。

何杯かお茶を飲み、ようやく落ち着いてきたところで姉弟のいつもの時間が始まる。

「今日はどうだった？」

「ん、理科で観察池の周りの鳥を調べた……後体育でサッカーして――」

「うんうん――」

涼太のとりとめのない話を、姉はおかしを齧りながら楽しそうに聞いてくれる。

学校から帰るといつもこうしておやつを食べながら学校であったことについて話すのだ。

困ったことがあると相談に乗ってもらったり、頑張ればほめてもらったり。

昔から家のしきたりに縛られている姉の愚痴も聞いたり。

涼太にとっては大切な時間だった。しかし――。

「後、えーと……えーと……」

今日の昼休みにあったことが涼太の脳裏をよぎる。

姉との関係が変化したことで、彼を取り巻く状況の変化も当然起こっていた――それもよくない方向に。

「…………」

姉のいる生徒会室に向かう途中、廊下で男子生徒にぶつかられたり、上級生にからかわれたりしたのだ。姉の陰に隠れて相手にもされなかった弟が突然表に出てきたものだから、気に入らなかったのだろう。涼太も彼らの気持ちがわからないではなかったし、第一、姉に心配をさせたくない。

「……後は何にもなかったかな」

「そっか、今日も一日大変だったね」

姉のゆったりとした声、涼しげな瞳は、もしかしたら何か隠しているのを知っているのかもしれない。しかし、これは自分で何とかしなければならないことだ。

「それより、数学の宿題――」

言いかけた涼太は慌てて口を噤《つぐ》む。いつものように話していて大事なことを忘れていた。

「えと、自分でやる……」

「ん、間違えてもいいんだからね。どうしてもわからなくなったら聞きにおいで」

満足げに頷く姉の姿に、涼太の中にひとつの疑問が芽生える――仮、とはいえ自分達は本当に夫婦になったのだろうか？

朝から姉にしごかれてはいるが、それ以外はいつもの姉弟のままだ。姉もまるで昨日のことなどなかったかのように振る舞っている。婿になったという実感は湧いてこないままだった。

「どしたの？　お茶、もう一杯いる？」

頬杖を突いて微笑む姉の優しい表情に、涼太は思いきって切り出す。

「えと……今日の夜、部屋に行っていい？」

言ってしまってから自分でも顔が赤くなるのがわかった。まさか自分から姉にこんなことを言ってしまうなんて。もちろん昨夜は不甲斐ないことになってしまったのはわかっているが、できることなら今夜も――。

「……………いけません」

ぴしゃりと言い放つ姉の言葉には、普段聞いたことのない厳しさがあった。

「涼くんを鍛えるって言ったでしょ？　お姉ちゃんがいいっていうまで子作りは禁止です。子種を無駄にすることも許しません」

「そんな……っ」

それは自慰も禁止されているということだ。信じられないような言葉に涼太の声が掠れる。まさかこんなふうに突っぱねられるとは思いもしなかった。せっかく姉と結ばれたのに、さらに遠い存在になってしまったような気がする。

しょぼくれる涼太に、紗羽はわずかに表情を緩める。

「大丈夫、一週間我慢したら呼んであげるから、それまで頑張りなさい」

「うん、わかった……」

それでも気は楽にはならないが今は姉を信じるしかない。涼太はリュックを手にとぼとぼと給湯室を出るのだった。

☆

弟の背中を見送った紗羽は思わず胸を押さえる。

「……ごめんね、涼くん」

今日一日のことを思い返すだけで、紗羽の胸は張り裂けんばかりだった。

本当は朝起こしてあげたかったし、学校だって一緒に行きたかった——車の中でも何度引き返そうと思ったことか。お弁当だって嫌いなものを無理して食べさせたくはなかったし、宿題だって一緒にやってあげたい。しかし。

「我慢……我慢するのよ、紗羽……」

一条家の当主として、その婿となる弟を甘やかすわけにはいかない。可哀想だけれども、涼くんには立派なお婿さんになってもらわなければならない。そのためにはお姉ちゃんは鬼になると決めたのだ。それなのに。

「うぅ……涼くん、可愛いよぅ……！」

今日の朝、懸命に車を追いかけてきた弟の姿、嫌いなブロッコリーを食べている姿、宿題を自分でやると言ったこと、健気な弟を思い出すだけで紗羽の胸が熱く締めつけられる。

「お姉ちゃんだって、エッチしたいよ……涼くん」

昨日までは知らなかった感覚だが、身体が弟を求めているのがわかった。昨夜の身を焦がすような体験を思い出すだけで、紗羽の身体はじりじりと熱くなる。

「……だめよ、紗羽……我慢しなきゃ……っ、涼くんだって我慢してるんだからっ」

もちろん妊娠のためには何度もしたほうがいいし、我慢させるよりも射精させて新しい精液に入れ替えたほうがいいのはわかっている。お姉ちゃんが毎晩してあげたっていい。しかし、それではだめなのだ。お姉ちゃん任せではなく、涼くん自身が男の子としてしっかりお姉ちゃんを妊娠させられないと。

だからこそ、紗羽は弟に禁欲させることにしたのだ。一週間後、体力をつけて我慢を重ねた涼くんはきっと動物のようにお姉ちゃんに欲望をぶつけるはずだ。そうすれば男の子としてひと皮剥けるに違いない。

「我慢だよ、涼くん……お姉ちゃんも我慢するからね……っ」

弟にこんなことを強いるなんてあんまりだ。それでも、大好きな弟と本当に結ばれるにはこれしかない。半ば苛立ち、半ば身体の疼きをごまかすように、紗羽はぼりぼりとクッキーを貪った。

★

何とか夕食前に宿題を終わらせた涼太だが、食卓を前に固まっていた。

(何だこれ……)

目の前に並んでいるのはいつもの和食に加え、カキフライやウナギの肝、何やら得体の知れないスープが置かれている。しかも涼太の前にだけ。明らかに精力増強を狙ったものだろうが、ここまで露骨だとさすがに涼太も気まずい。が、両親は素知らぬ顔で夕食を食べている。涼太は思わず怪しい器を指差した。

「紗羽ねぇ、これ…………何？」

「それはねぇ、秘伝のスープ！　本家のおばさんに教えてもらって特別に作ったんだよ」

「そう……」

にこにこと無邪気な姉の言葉に、それしか答えられなかった。一条家のことだ、きっと精力増強のためのレシピだってあるだろう。しかし何が入っているかわからない液体を飲むのは非常に不安だ。

「好き嫌いしないで食べないとだめだよ、涼くん」

「うぅ……」

今日一日の姉の行動を考えるに、きっと男として強くなるためにいろいろ考えているのだろう。姉の期待に応えないわけにはいかなかった。涼太は息を止め、ひと息にスープを煽る。何だかよくわからない味だ。薬臭いような、獣臭いような。

「そうそう、頑張って。全部食べて強くなるんだよ、涼くんっ」

(紗羽ねぇのため……紗羽ねぇと子作りするためなんだ……頑張れ、俺っ)

半ば自分に言い聞かせるように、涼太はやけになって食事を平らげていくのだった。

深夜、ベッドに横になった涼太は寝つけずにごろごろと寝返りを打っていた。

夕食で無理な量を食べたせいか、まだ腹に何か残っている感じがするし、あの怪しいスープが特に気になる。特別何か異常が起こっているわけではないのだが。

「それにしても、今日は疲れたな……」

今日一日でいろいろなことがあったような気がする。といっても、実際は今まで姉任せだったことを自分ひとりでやっただけなのだ。

「しっかりしなきゃ……紗羽ねぇの婿なんだから……紗羽ねぇと……子作りするんだ……」

大好きな姉と子作りをする。今やそれが涼太を動かす原動力となりつつあった。そのためにはもっと男としてしっかりしなければ。そんなことを考えながら、涼太の意識はまどろみの中に沈んでいった。


禁欲五日目――。

姉弟はいつものように生徒会室でのんびりとすごしていた。

「うーん、お姉ちゃんはこういうほうが似合うと思うんだけどなぁ……」

「ん、そうだね」

姉がぱらぱらとティーンズ雑誌をめくっている横で、涼太は適当に相槌を打って弁当をつつく。いつもなら姉とのこんな時間も楽しいのだが、正直、今は姉の話を聞いているどころではなかった。

（くぅっ……鎮まれっ、鎮まれってば）

涼太のペニスは硬くなり制服を押し上げているのを隠すので精いっぱいだ。この数日間、禁欲の上に怪しいメニューを食べさせられて下半身がもう言うことを聞いてくれない。姉に厳しく鍛えられてはいるが、疲労を性欲が上回るようになっていた。

「ね、涼くんはどっちがいいと思う？　こっち？」

そんな涼太の状態を知ってか知らずか、隣に座る紗羽は雑誌を広げぐいぐい身体を押しつけてくる。さらさらの髪が肩にかかり、制服越しに胸の膨らみが腕に押しつけられた。

「えとっ、ど、どっちも似合うと思うよ、紗羽ねぇなら」

「だーめ、ちゃんと選んでくれないと……お姉ちゃんは涼くんの好みが聞きたいのっ」

姉はふくれっ面で涼太の顔を覗き込んできた。

（うぅっ、やっぱり可愛いな……紗羽ねぇ）

そんな姉の表情が涼太の胸をときめかせる。顔立ちはいいのにどこか子供っぽい表情は、弟の自分にだけ見せてくれるものだ。こんなふうに雑誌を読むのだって自分と一緒にいるときだけ。それはそれで嬉しいのだが。

「くぅぅっ……俺、もぅ――」

学校でこんなことを考えてはいけないのはわかっている。しかし、もう身体が言うことを聞かないのだ。思わず姉に迫ろうとしたとき。

生徒会室のドアが控えめにノックされる。

「会長、来週の予算会議のことでちょっと相談があるんですが……」

「ごめんね。お姉ちゃん、生徒会の仕事があるから」

ドアの外からの声に紗羽はぱたぱたと机を片付け始める。

「う、うん……」

姉に肩透かしを食らってしまった涼太は慌てて自身の持ち物を片付ける。そして半ば前屈みになって生徒会室を出ていくのだった。


禁欲開始から一週間──。

ホームルームが終わるなり、涼太は教室を飛び出した。生徒達でごった返す放課後の廊下を駆け抜け、昇降口で靴を履き替え、そのまま校門まで一直線に走っていく。

(紗羽ねぇと子作り……紗羽ねぇと子作り……っ、紗羽ねぇと……っ)

待ちに待った姉との子作りの日だ。とうとうこの欲望を姉に受け止めてもらえるのだ。この日まで我慢に我慢を重ねた性欲はもう叫び出したいくらいだ。

しかしそのためにはいろいろな準備も必要だ。まず急いで帰って宿題を終わらせなければ。その後は明日の学校の準備。もしこういうことをひとりでできないと姉に知られればまたおあずけになってしまうかもしれない。

「はぁ……はぁ……早く、早く……紗羽ねぇと……っ」

今日は生徒会活動のせいで姉の帰りが少し遅い。帰ってくるまでにすべてを片付けておこうと、涼太はそのまま校門を駆け抜け、家まで一目散に走っていくのだった。


「いただきますっ」

夕刻、食卓についた涼太は慌ただしく夕食をかき込んでいく。宿題は——恐らく間違いだらけだろうが——終わらせた。明日の学校の準備もした。後は早く夕食を終え、今夜の準備をしなければ。それなのに。

「…………」

隣で席についている姉はいつものペースでゆっくりと箸を進めている。

（紗羽ねぇ、今夜のこと忘れてるのかな……）

そんな不安が頭をよぎる。この一週間我慢をして、とうとう大好きな姉とまた子作りができる。自分はそんな期待で胸がいっぱいなのに、もし姉の考えが違うとしたら——。

「涼くん……もうちょっとよく噛んで食べなさい」

「えと、うん……」

たしなめるような姉の言葉に、途端に涼太の食べるペースが鈍る。何だか自分だけ子作りに夢中になっているようだ。涼太は顔を伏せもそもそと食事を続けた。

☆

(うぅぅぅ……可愛いっ、涼くん……可愛いよぅ……お姉ちゃん、もぅ……っ)

一方、涼太の横で淡々と食事を続ける紗羽は箸からぽろぽろとご飯をこぼしていた。きっと前にいる両親にはバレているだろう。

弟にこんなに求められて嬉しくないお姉ちゃんなんているわけがない。それに、我慢してきたのはお姉ちゃんも一緒だ。今日まで何度弟を部屋に呼ぼうと思ったことか。それでも、弟のために心を鬼にしてきたのだ。

「…………」

もそもそとおかずをつつく涼太を横目で見て、紗羽は確信する。弟は順調に性欲を溜め込んでいるようだ。この前の昼休み、弟が勃起を隠していたこと、迫ってこようとしたこともわかっていた。あのときもし誰か来なかったらどうなっていたかわからない。

(はぁ……はぁ……涼くん、可愛い……お姉ちゃんもしたい……)

次期当主として両親の前ではしたない真似はできない。が、今はもうとにかく弟がほしくて仕方ない。とうとう我慢できなくなった紗羽は隣の弟にそっと耳打ちする。

（涼くん、後でお姉ちゃんの部屋においで）

その言葉を聞いた途端。

「……うんっ！」

まるで犬がぴん、と耳を立てるように反応する涼太。そして再びぱくぱくと夕食をかき込み始めた。

（ふふっ、可愛いなぁ。涼くん）

そんな弟を横目で見ながら、紗羽は相変わらずぽろぽろとご飯をこぼしていた。

★

深夜、涼太は姉の部屋へと向かう廊下をきしきしと鳴らして歩いていた。

興奮は既に最高潮で、駆け出しそうになるのをこらえるので精いっぱいだ。やっと姉と子作りができる。今度こそうまくできるのかという不安よりも、姉とまたできるという期待のほうが遥かに大きかった。

そして姉の部屋の前に着いた涼太はそっと襖を開ける。

「いらっしゃい……一週間よく我慢したね」

布団の横に正座していた姉が微かに笑みを浮かべる。

「うん……」

やはり子作りをするときの姉はいつもとは別人だ。その表情、振る舞い、息を呑むほどの艶っぽさに戸惑いながらも涼太は姉の前に座る。恥ずかしいことにペニスはもう勃起し、服を押し上げていた。

「今日は涼くんも頑張らないとだめだよ？　ちゃんとできる？」

まるで『ちゃんと勉強はひとりでできる？』と言わんばかりの姉の言葉が、また涼太の胸を高鳴らせ、下半身に血流を集中させる。

「うん、できますっ」

「ん、いいお返事ね。それじゃ、そこに寝て……」

「………？」

姉に促されるまま、涼太はそっと布団に仰向けになった。


和服の裾をまくり上げた紗羽は涼太の股間のほうを向いてまたがる。涼太の眼前に姉の秘部がさらけ出された。

「えっ……紗羽ね……これっ？」

まさか姉がこんな大胆なことをするなんて。驚く一方、涼太の視線は姉の下半身に注がれていた。たっぷりと肉の乗った白い尻丘は圧迫感を覚えるほどの迫力で、そこから伸びる太ももはむちっ、と音を立てそうなくらいに肉感的だ。その間にある色づいた亀裂からは嗅いだこともないような牝臭が漂ってきている。

「これなら一緒に気持ちよくなれるでしょ？　今日は涼くんもお姉ちゃんを気持ちよくしてくれなきゃだめだからね」

「う、うん……」

ということはやっぱり互いに性器を舐め合うということなのだ。女性器への興味は異常なくらいあるのに、姉の大事な部分というだけで躊躇《ちゅうちょ》してしまう。

「ほら、涼くん……早くお姉ちゃんを気持ちよくして」

涼太がいつまでも戸惑っているのに焦れたのか、紗羽がそっと腰を揺らす。姉には似つかわしくない淫靡な腰の動きだった。

「じゃ、じゃあ、えと……失礼します……っ」

自分でも何を言っているのかわからないまま、涼太は秘裂と太ももの間の柔らかな肉に指を食い込ませる。むちっと割り開いた途端、内側に溜まっていた愛液がとろりとこぼれ落ちる。

「う……わ、紗羽ねぇのここ、すごっ」

「やっ、涼くんにお姉ちゃんの恥ずかしいところ、見られちゃった……♪」

恥ずかしそうにくすくす笑う姉だが、吐息は既に荒い。

（うわっ、うわっ……すごい、これが、紗羽ねぇの……っ）

一方、涼太は初めて目にする女性器の内部に目を奪われていた。

外側の赤く色づいた肉唇は厚ぼったく、その内側にある薄い肉唇はぴらぴらと貝肉のようにほつれ出している。その内部の膣前庭粘膜の鮮やかな色は薄暗がりの中でもわかった。

そして襞を打つ膣口からはとろ、とろ、と愛液がこぼれ続け濃い匂いを放っている。まるで牡を誘う別の生物のようでさえあった。

「こーら、涼くん……見てるだけじゃお姉ちゃんは気持ちよくなれませんよ……？」

姉の声はどこか焦れたようで、それでいて涼太をたしなめるようでもあった。

「あ、うん……」

そんな姉の声に誘われ、涼太は割り開いた秘部に口を近づける。さらに濃い牝臭に肉棒がびきびきと反応するのを感じながら、粘膜に舌を這わせた。唾液まみれの舌がずるっ、と膣前庭を擦った途端。

「……ゃうっ、あっ、ぁぁ……涼くんの舌がっ……お姉ちゃんのアソコ、舐め……て？」

姉の喉から慌てたような声を上がり、尻肉がぴくっと引きつった。そしてまた舌を這わせると。

「ぁっ……ん、いいよ、涼くん、頑張って……ぁはっ、お姉ちゃんを気持ちよくしてね」

涼太が舌を這わせるたびに、姉の喉から上ずった声が上がり、尻肉がぴくぴく引きつる。

（俺、紗羽ねぇのアソコ……舐めちゃってるっ）

自分でも信じられないようなことをしているのに、涼太の興奮は振り切れんばかりだ。姉の上ずった声、粘膜のぬらつき、愛液のとろみ、風呂上りにも関わらず強く香る牝臭、すべてが牡の本能を刺激し、気がつけば涼太は夢中で姉の秘部を舐め回していた。

☆

「んひっ？　ひぁっ……ぁっ、んっ……涼くっ、そんなに広げて、舐めちゃっ……」

弟の舌が秘部に這わされるたびに紗羽は声を上ずらせる。自分から弟に迫ったものの、その羞恥《しゅうち》にどうにかなってしまいそうだった。自分だってよくわからない場所なのにそこを弟に見せてしまうなんて。

「んっ……んむっ、れるっ、紗羽ねぇのここ、んっ、すごいエッチな味がする……」

「はぅっ……恥ずかしっ……涼くっ、そんなこと……ぁっ、言ったら……恥ずかしいよぅ」

弟にそんなことを言われながら舌を這わされ、秘部の奥からまたじゅん、と愛液がこぼれ出すのを感じる。この一週間、紗羽自身も弟との交わりを我慢していたせいもあり、弟が頑張って舐めてくれるというだけで身体が反応してしまう。

（あぅ……ぅぅ、やっぱり、これ……感じすぎちゃっ……）

こんなに早く高まってはいけないとわかっているのに、下半身は甘く痺れ始めていた。そして、目の前に突きつけられた弟勃起の存在感。

（ぅぅぅっ……お姉ちゃんも、これ、ずっとほしかったんだから……っ）

何しろ一週間ぶりの涼くんのおちんちんなのだ。そのたくましさはもちろん、相変わらずの牡臭に誘われ、紗羽は張りつめた亀頭にぬらりと舌を押しつけた。

「うぁっ？　紗羽ねっ……うぅ」

涼太の肉棒がびくん、と反応する。

（うぅぅぅ……やっぱり涼くんのおちんちん、好き……大好き……っ）

一週間待っていたからだろうか、この前よりも反応がいい気がする。硬くて、反り返って、血管が浮いてごつごつして。こんなにたくましいけれども素直な反応で、やっぱり涼くんのおちんちんだ。それが可愛くて、紗羽は夢中で弟勃起を舐め回すが。

「うぁ、ぁ……紗羽ねぇ、それ、気持ち、いいっ……溶けちゃいそっ……」

涼太の声が上ずり、肉竿がぴくぴくと反応する。せっかく舐めてくれていた口も止まってしまった。

弟の素直な反応はもちろん嬉しい。しかし、今日はそれだけではだめなのだ。涼くんにも頑張ってもらわないとまたお姉ちゃん任せになってしまう。

「こーら、涼くん？　今日は頑張るんれひょ？　ひゃんとお姉ひゃんも……れるっ、きもひよくひなひゃい……？」

「ぁぅ、う、うん……」

弟の口が再び秘部に押しつけられ、膣前庭に舌がずるりと這わされる。粒々の舌粘膜が繊細な場所に擦りつけられるのがわかった。

「ぁんっ、ん……そうそう、頑張って……れるっ、ちゅるっ……いっひょに、きもひよく……なるんらから、んっ……れりゅっ」

弟の舌がずるずると粘膜を擦り上げるたびに、ねっとりとした心地よさが下半身にじわじわと広がっていく。弟と互いに性器を舐め合い、とろけ合うような性感に紗羽は既にとろけつつあった。

★

（うぅ、紗羽ねぇの口、やっぱり……気持ちいいっ）

姉の丁寧な口奉仕に涼太の腰がかくつく。唾液にぬめる粒々ざらざらの舌に肉棒を舐め回されるとろけそうな性感。時折ちゅっ、と吸い込まれる温かな口内の心地よさ。いつ達してしまってもおかしくなかった。

「んっ……ぁっ、ちゅっ、ちゅぱっ……んふっ、涼くんのおひんひん……もうひょっと、頑張らないと……んっ、ちゅっ……らめれすよ」

弟勃起を舐め回す姉の声はどこかいたずらっぽくも、涼太をたしなめるようだ。

「う……っくぅぅ、俺も……紗羽ねぇのこと気持ちよくするからっ」

涼太は肉棒の付け根に力を込めて放出をこらえ、姉の秘部に舌の腹を押しつけて舐め回す。肉穴からこぽこぽとあふれ出す愛蜜を舐め取り、飲み込んではまた舌を這わせた。

「んぅぅ……っ？　あっ、んっ……うんっ、ぁぁっ、ひんっ……涼くん、それ、すごっ」

涼太が秘部を舐め上げるたびに姉の喉から甘い声が上がり、さらに愛液がこぽ、こぽ、とあふれ出す。その反応に自信をつけた涼太はこぼれ続ける愛液ごと膣前庭をかき回すように、ずるずると舌を這わせていく。

と、舌先が柔らかくほぐれた膣穴にずるっ、と入り込んだ途端。

「ひんっ？　ぁっ、ぁっ……涼くっ、そ、そこ……舌、入れひゃ……っ？」

肉竿を吐き出した姉の喉から慌てた声が上がる。今までに聞いたことのないような声だ。

「紗羽ねぇ……ここがいいんだっ、こう？　じゅるっ、こうっ？」

姉の声に誘われるように舌を丸めて膣口にねじ込む。愛液まみれの蜜穴はずるりと広がって舌を受け入れた。

「あっ、ちょっ……やらっ、しょこ……ひた、入れひゃっ、ぁっ……やぁぁっ……」

（えと、こうでいいのかな……）

　きっとこのへんを舐めればいいはずだ。丸めた舌粘膜を動かして浅い場所にある粒々の隆起を舐め擦ると。

「ひゃっ、やっ……んっ、やら、しょこ……ばっかりぃっ？　ぃひっ、ひんっ」

　姉の腰がかくっ、かくっ、と浮き、今や慌てたような声まで上がっている。大好きな姉がこんなに感じてくれている。姉の性感帯を見つけ出したことで有頂天になった涼太は執拗に肉壺を舐り回す。

「やらぁ……涼くん、それ、エッチすぎだよぅ……お姉ひゃんのあしょこ、しょんなにぺろぺろひたら……ぁっ、お姉ひゃん、もっ……ひんっ」

　姉の声はいよいよ上ずっていき、膣穴からは愛液をこぼし続けている。身体は何かを期待するようにぴくぴくと引きつり始めていた。

（やった……やった、紗羽ねぇを感じさせてるんだっ）

　姉を感じさせている喜び、牝の反応を引き出している高揚感に、涼太の心臓は痛いくらいに高鳴る。下半身は昂ぶり、先端からじわりと粘液が染み出すのを感じた。

☆

（あぅぅっ……涼くんっ、すごい……もうお姉ちゃんの気持ちいい場所、見つけちゃった、やっぱり物覚え、よすぎだよぅ……！）

弟の舌先が膣粘膜を舐めるたびに駆け上がってくる快美に、紗羽の腰が震える。やっぱり涼くんは優秀だ。お勉強と同じで教えたことをすぐ覚えてしまう。

「はぅっ……ぅぅっ、涼くんっ、お姉ちゃんもしてあげるねっ……はぷっ」

頑張ってくれている弟にはお姉ちゃんからのご褒美だ。弟勃起の先端を咥え込んだ紗羽はそのままずる、ずる、と粘液にまみれた肉竿を飲み込んでいく。半ばほどで口の中がいっぱいになり息苦しさを覚えるが、構わずに根本まで飲み込み、今度はずるるるっ、と一気に引きずり出した。そしてまた咥え込み、引きずり出し——ねっとりとしたストロークで弟勃起をしゃぶり上げていった。

「んむっ、じゅるるっ……がぽっ、ずるるっ……ちゅぷっ、じゅるっ、ぐぽっ……」

「うぁっ、ぁっ、紗羽ねっ……それ、すごっ……ぅぅっ、俺っ……」

弟の慌てた声と同時に、紗羽の口の中で剛直が跳ね上がり、硬くなっていくのがわかった。とうとう限界を迎えようとしているのだ。にも関わらず。

「ぅぅぅっ、れるっ、れろっ……俺だって紗羽ねぇを……気持ちよくするんだっ」

涼太は必死で紗羽の膣穴をかき回す。丸めた舌先で愛液をかき出してはすすり、また舌先をねじ込んできた。

（ぁぁ、涼くん、頑張ってるっ、お姉ちゃんをイカせようとして、頑張ってるんだ……♪）

射精をこらえながらの弟の必死なクンニに、紗羽の下半身にもひたひたと快楽の波が押し寄せてくる。

「はぷっ、ずるっ、ぐぽっ、がぽっ……いいよ、涼くん、お姉ひゃんのおくひに……らひて、じゅぽっ、んぷっ……じゅるっ」

自身の昂ぶりを感じながら、紗羽はいよいよ激しく肉勃起をしゃぶり立てる。口の中の空気を抜いて粘膜を密着させ、口全体を使ってしごき上げた。

「うぁっ、ぁっ、紗羽ねっ……俺、もっ……出るっ」

弟が切羽詰まった声を上げ腰をかくつかせる。紗羽の口の中で肉棒がびん、と跳ね上がった次の瞬間、熱液が迸《ほとばし》った。

「んぅぅぅっ？　お姉ひゃんもっ……んぐっ……んぅっ、んぅぅぅっ……！　イっひゃぅぅうっ……んぐっ、んぐぅっ」

弟の射精と同時にざわっと下半身から快楽の波が押し寄せ、紗羽も喉の奥でイキ声を上げる。秘部からはぷしゃっ、と液体がしぶくのを感じた。それでも弟棒は吐き出さず、口の中にあふれる牡液を懸命に飲み込んでいく。

(涼くんの……すごい、濃い……かもっ、これ、飲むの……大変っ)

一週間溜め込んだせいだろうか。その量も濃さも一週間前とは別物だった。口の中に溢れる強烈な牡臭と粘度が紗羽の喉を焼いていく。

「うっ、うぅっ……紗羽ねっ、くっ……ぅぅ、れるっ、じゅるっ」

腰をかくつかせて精の放出を続けながらも、涼太は姉の絶頂を長引かせようと膣穴を舌先でねぶり回す。

(うぅうっ、すごっ……涼くん、すごいよっ……そんなにしてくれたらっ、お姉ちゃん幸せすぎて……もぅっ、もぅ……っ)

腰までとろとろになってしまう。紗羽は腰を震わせながら互いに昇り詰める多幸感をじっくり味わうのだった。

★

「うっ……ぁっ、くぅっ……はぁ……はぁ、すごい……出た……っ」

吐精の勢いは次第に弱まり、今や鈴口からとろとろと透明な粘液をこぼすだけになっている。一週間ぶりの射精の快感はもちろん、その量も驚くほどだった。

「ぁっ、ぁっ……涼くんに、舐められて……お姉ちゃっ……も、イっちゃ……ぁひっ、おひっこ……れちゃった、ぁ、ぁ……」

涼太にまたがった紗羽は未だに絶頂の余韻が残っているのか、微かに身体を震わせている。秘部からも時折、液体をしぶいていた。

（……やった、紗羽ねぇをイカせたんだ！）

今まで味わったことのない高揚感に、涼太の下半身に再び劣情の火が灯る。一週間溜め込んだせいだろうか、肉棒は再び反り返り脈打っていた。

「ぁはっ、涼くんの、もう元気になってる……一週間我慢したからかな？」

「うん、俺、まだ……」

自身、戸惑うほどの欲望だった。以前姉と交わったときのような浮ついた感覚とは違う。とにかく姉がほしい、目の前のとろけた姉膣に自身をねじ込み、子種を流し込みたい。強烈な牡の欲求を感じていた。

そんな涼太の肉竿を目の前にして、姉がくすりと息を漏らす。

「んふっ、それじゃ、お待ちかねの子作り、しよっか……？」


そして——。

紗羽は箪笥に手を突いて、脚を広げ、つんと尻を突き出す。

「はい、どうぞ。頑張ってお姉ちゃんに種付けしてね……？」

「う……わっ、これって……」

まるでこの穴を使えと言わんばかりの姉の姿に、涼太はごくりと唾を飲み込む。

和服の裾をたくし上げて露わになった尻丘は汗ばみ、そこから伸びる生の太ももはいつもストッキング越しに見ているよりも肉感的だ。そしてその間から覗く秘裂は素肌と対照的に色付き、こぼれ出した愛液が太ももを伝っている。

「ほら……今日は涼くんが動いて子作りするんだよ。ちゃんとできるよね？」

言って、振り返る姉の顔は汗ばみ、向けられる瞳はどこかいたずらっぽくもあった。

「う、うん……っ」

大好きな姉と動物のような体勢で交わって、種付けをするのだ。込み上げてくる獣欲に肉竿はとろとろと粘液をこぼす。

「じゃあ、入れるね……」

姉の背後ににじり寄った涼太は片手で姉の尻肉に手を置き、指を食い込ませてむちっ、と割り開く。そしてもう一方の手で自身を掴み、先端でとろけた肉裂の内部を探った。

「んっ……ぁ、ちゃんと自分で入れられる？」

涼太の肉勃起が秘部をかき回すと、紗羽は熱い吐息を漏らしながらくすくす笑う。

「大丈夫っ、わかってるってば！」

涼太は焦れながら内部を探る。早く入りたくて仕方ないのに、なかなか見つからない。が、ようやく先端が柔らかなすぼまりを探り当てると、一気に腰を押し出した。充血した亀頭がずるっと襞穴に潜り込む。

「んぁあっ、ぁっ……入って、きたぁ……ぁぁ、涼くんの……ぁ、はっ、はっ……」

「う……わ、紗羽ねぇの中、どんどん……入ってく」

早くも息を喘がせる姉膣に涼太はゆっくりと自身を埋めていく。熱く、ねっとりとした肉の隘路をかきわけていく感覚はやはり格別だ。たっぷりと舐めほぐしたせいか肉穴は柔らかくとろけ、愛液の泥濘に吸い込まれていくような錯覚さえ覚えた。

やがて涼太の肉竿は根本まで姉膣に収まり、下腹部が尻たぶにぺたりと密着する。

「全部、入った……」

「ん……涼くんのおちんちん、やっぱりすごいね……熱くて、どくどく動いてる」

「うん……」

涼太も一週間ぶりの姉の中をじっくりと味わう。根本までみっちりと包み込んでくる膣粘膜、奥までとろけた愛液の熱い潤み、ゆったりと繰り返される収縮、姉に抱き締められているような心地よさに溜息をついていると。

「さ、涼くん、ここからが本番だよ……頑張ってお姉ちゃんに種付けしてね」

振り返った姉が妖艶な笑みを向けてくる。いつも弟を導き、世話するときとは違う牡を求める顔だった。

「じゃあ、動くね……」

そんな姉の艶っぽい姿に煽られ、涼太は腰を揺らし始めた。

☆

「んっ、ぁっ、んぅ……涼くんが、動いて……ぁっ、んっ……中、擦れてっ……」

弟勃起が動き始めるなり紗羽は早くも喘ぎだす。一週間、待ちに待った弟との交わりはやはりこたえられない。硬く張り詰めた肉竿が膣壁を小刻みにゆるゆると擦るだけで熱い性感が込み上げてきた。

「どう？　紗羽ねぇ、これでいい？　痛くない？」

そっと腰を揺する弟の気遣いにも胸が絞めつけられる。こんなときでもお姉ちゃんを大事にしてくれる、本当に優しい弟だ。でも。

「ぁっ、ん……涼くん、そんなに遠慮してちゃだめだよ……男の子なんだから、お姉ちゃんを孕ませるくらいたくましくないと……でしょ？」

涼くんにはもっとしっかりしてもらわないとならない。お姉ちゃんをめろめろにしてしまうような牡のたくましさが必要なのだ。

「うん、わかった……じゃあ、もっと……こうやって……」

涼太の腰の動きが変わり、長いストロークで姉の中を出入りし始める。引き抜けてしまうくらいまで引きずり出して、根本まで押し込み、また引き出し、肉傘で膣壁をごりごりとこそげていく。

「んひっ？　ひっ、い、いいよ……それ、上手だよ、涼くん……っ、もっと、もっとたくさんお姉ちゃんの中、擦って……擦ってっ！」

「うん、こうでいい？　このへんがいい？」

姉の反応を窺いながら、涼太は腰を揺らし肉棒を引き出しては押し込む。張り出した亀頭が膣壁の様々な箇所を、襞を弾いていく。肉棒で膣内を探り、感じさせようとしているのがわかった。

「うんっ、いいよ……涼くんのおちんちんで……もっと気持ちよくなりたいの、もっと擦って、お姉ちゃんが気持ちいい場所、見つけてね……っ」

弟の肉棒が一生懸命動いているというだけで、性感が増幅していく。膣襞のひとつひとつを擦られるたびに甘い痺れが蓄積し、膣奥から多量の愛液が分泌され始めるのを感じた。

「うん、紗羽ねぇのこと……もっと気持ちよくするからっ、はぁっ……はぁっ」

紗羽の反応に自信をつけたのか、弟の抽送は次第に大胆になっていく。紗羽の腰をぎゅっと掴んで引き寄せ、肉棒を最奥部まで押し込んできた。先端がくちゅっ、くちゅっ、と子宮口に当たる。

「んひっ？　んぁっ、涼くん、それ、すご……すごいよっ、お姉ちゃんの感じるところ……当たって、ぁはっ、ぁぁっ」

牝の中心部をこじられる快美に紗羽は思わず箪笥を爪で引っかいていた。肉棒が引き出

されるときは襞が弾かれ、戻ってくるときには閉じた膣洞を再びかき分け、最奥部に触れる。それが繰り返し訪れ、紗羽の思考はとろけていく。それに。

(うぅっ、涼くんがこんなに頑張って……お姉ちゃんを気持ちよくしてくれてるんだもん……こんなの、もぅ……お姉ちゃんめろめろだよぅ！)

男子三日会わざれば～というけど、一緒にいる一週間でこんなに成長してしまうなんて、やっぱり涼くんも男の子なのだ。姉弟交尾の快楽と同時に弟の成長を喜ぶ紗羽は、ただ弟に突かれるままに喘いでいた。

★

「んぁっ、ぁぁっ、涼くんの……お姉ちゃんの、中、ぐちゅぐちゅしてっ、ぁっ、ひんっ」

(紗羽ねぇ、何か……すごいエロいっ)

今や涼太はリズムよく腰を揺すり、姉との交わりを楽しむようになっていた。

姉の荒い息遣い、突くたびに上がる甘くとろけた声。腰を叩きつけるたびにたぱたぱと鳴る柔らかな肉音。首筋や浮き上がった肩甲骨の間ににじむ汗。すべてが官能的で涼太の劣情を刺激する。

「んっ……ぁっ、涼くんも、気持ちいいっ？　お姉ちゃんの中……っ、どう？　ちゃんと気持ちいい？」

「うん、すごく……いいっ」

　こんなときでも弟を気にする姉の気遣いもたまらなかった。

　実際、ほぐれた姉膣は奥まで愛液でとろけ、熱く潤んだ膣肉が肉棒にぴっちりと密着してくる。細かな隆起ににゅらにゅらと舐めしゃぶられる心地よさに、そのまま姉の中に溶けていきそうな錯覚さえ覚えた。

「紗羽ねぇ、俺……もっとしたい、いいよねっ？」

　姉の膣を味わいたい、姉を感じさせたい。男としての欲望がむくむくと湧き上がってくる。姉の腰をぐっと引き寄せた涼太は返事も待たず大きく腰を引き、叩きつけ始めた。奥まで押し込んだ肉棒の先端で最奥部をとん、とん、と突いていく。

「ひゃっ、やらっ……んくっ、んぁっ、涼くっ……いきなり、激しいの、だめ、んひぃっ……やめてっ、奥、だめだってばぁ！」

　姉の喉からさらに感極まった声が上がり、膣穴はきゅっ、と驚いたように収縮を繰り返す。振り返るその表情はどこか慌てていた。それなのに、その表情はどこかねだるようでもあって――。

「紗羽ねぇ……これって、もっとしてもいいんだよねっ」

　これは『もうやめて』ではなく『気持ちいい』のやめてなのだ。姉の言葉を思い出した涼太はさらに奥まで姉を突いてやろうと、腰を叩きつけていく。先端がぐちゅっ、と最奥部をこじった途端。

「きゃぅっ？　ぁ……っ、あぁ、やっ……ゃぅ、それ……だめぇ……」

姉の喉からひと際高い声が上がる。そしてまたひと突き。またひと突き。

「やらっ、あぁっ、しょこっ……ひぁっ、んくっ、ぁ、ぁ……これ、お姉ちゃんの、大事な場所っ……開いちゃっ……」

突くたびに姉の喉から感極まった声が上がる。哀れっぽく、切なげな喘ぎ声だった。子宮から絞り出されたような牝声が涼太の牡の本能を直撃する。

（うぅっ、やばい……これっ、紗羽ねぇの声、聞いてると……俺、もぅ……っ）

初めて感じる欲望だった。ただ姉と交わり、一緒に気持ちよくなりたいという交歓の想いとは違う。女の中心部を抉り、開かせ、牡液を流し込めと涼太の牡の本能が訴えている。

「紗羽ねぇ、奥、もっとしてあげる……！　ここに俺の子種、たくさんあげるよっ」

そして涼太は牡の本能のままに姉を突き始めた。

☆

「ひぅっ、きゃぅんっ、んひっ…、ひっ……ぁぁっ、涼くっ……赤ちゃんのお部屋、ゆさゆさしたらぁ……お姉ちゃん、おかひくなっちゃう……っ！」

子宮口を突かれるたびに、紗羽の喉から牝声が上がる。自分でもはしたない声だとわかっているのに、勝手に出てきてしまう。

「はぁっ、はぁっ……紗羽ねぇ……一番奥に、俺の子種、出すからねっ」

紗羽の腰を引き寄せながら、涼太は剛直をねじ込んでくる。肉壺から愛液をかき出し、子宮口をこじ開け、種付け用の膣穴へと強引に変えていく。少し前までの弟とは思えないくらい力強い交わりだ。

「はぅっ、んくっ、すごいよ、お姉ちゃんのこと……こんなにして……お姉ちゃん、うれひっ……ひっ、ひんっ」

こんなにたくましくお姉ちゃんを孕ませようとするなんて。弟の成長に胸がいっぱいになると同時に、ひと突きごとに鈍重な快楽に脳髄が揺れる。子宮は弟の子種を求めてずきずきと疼いた。

「涼くんっ……お姉ちゃんに出してっ、涼くんのお汁っ……お姉ちゃんの奥に出してっ」

そして子宮の疼きのままに紗羽は喘ぐ。今や肉壺はぎゅるぎゅると弟汁をねだるように絞り上げていた。

「うっ、くぅっ……紗羽ねっ……そんなに締めつけたら、俺も……っ」

弟の肉竿もびきびきと反り返り、獣じみた抽送で姉膣をかき回す。亀頭が膣粘膜をめちゃくちゃに擦り、先端が子宮口を殴りつけるように叩いた。肉傘にかき出された愛液は泡となって結合部からあふれ出す。腰を叩きつけるたびに汗のにじんだ肉同士がぶつかり、だぱんっ、だぱんっ、と音を立てた。

「はっ、はっ、はっ……涼くんっ、涼くんっ……お姉ちゃん、お腹の奥っ、ゆさゆさされて……もっ、イっちゃ……すごいのきちゃっ……」

今、一番奥に出されたらこれまで味わったことのないものが訪れる。そんな絶頂への期待に、紗羽の身体はぶるっ、ぶるっ、と震え脚はかくついていた。そしてとうとう。

「……出すよっ、紗羽ねぇっ！」

涼太は紗羽の尻肉を押し潰すほど強く腰を叩きつける。先端が子宮口にみちっ、とめり込み、そこで牡液が弾け出した。

「きゃぅぅううっ！　ぁっ、はっ……ぁひっ、ひっ、入って……きたぁぁっ」

子宮に直接熱液を流し込まれ、紗羽は牝の歓喜に喉を震わせる。待ちに待った弟の精液をねだるように、膣洞はうねってごくごくと弟汁を飲み込んでいった。

「う……ぁっ、紗羽ねっ……いいよ、たくさん出してあげるっ、ほらっ……」

うめき声を上げながらも涼太は肉棒を奥深くに陥入させたまま、どぱどぱと白濁を吐き出していく。

「うぁっ、ぁ、お姉ちゃんの中にっ、涼くんの……たくさん、入って……お姉ちゃん、もっ……だめ……ホントに、もっ……だめだからぁ……ひっ、んくっ……んっ」

涼くんがお姉ちゃんを孕ませようと、一生懸命に子種を注ぎ込んでくれている。お姉ちゃんとしてこれ以上幸せなことはない。脳髄が焼き切れてしまいそうな多幸感に、紗羽は半ばすすり泣きながら喘ぎ続けた。

★

「「…………」」

服を着て布団に正座した涼太は、正面で同じく正座している姉の言葉を待っていた。先ほどまでのとろけた姿もどこへやら、次期当主としての厳しい表情で涼太を見据えている。

と、姉が表情を緩めた。いつもの姉の表情だ。

「……よく頑張ったね、涼くん。立派だったよ」

「うん……」

姉の言葉に涼太は正座した膝の上で手をもじつかせる。どんなときでも姉に褒められればやっぱり嬉しいものなのだ。しかしそれより大事なのは。

「えと、その、じゃあ……明日から……」

涼太は口をもごつかせて姉の様子を窺う。男らしくできたならこれからも――。

緊張の一瞬の後、紗羽は鷹揚に微笑んだ。

「ん、いいですよ。明日からまた子作りしようね」

「……ぁ、うんっ、じゃあ明日の夜——」

とうとう子作りが解禁されたのだ。涼太は思わず前のめりになるが、そんな弟に釘を刺すように、紗羽は額にそっと指を当てて制する。

「こーら、成長したといってもまだまだですからね。今度は最初からお姉ちゃんを誘ってリードできなきゃだめだよ？」

「わかった！」

「それと、お勉強そっちのけじゃだめだよ？　宿題とか、一日のことが全部終わらないと子作りはなしだからね」

「うんっ」

姉の言葉に、涼太は即座に理解する——ということは、やらなければならないことをすべてこなせば、毎日姉と子作りし放題なのだ。今夜みたいなことを毎晩毎晩——考えるだけで飛び上がりたくなるほどの高揚感が込み上げてくる。と同時に。

「紗羽ねぇ、俺、もっと頑張るよ」

姉にふさわしい婿になるために、勉強だけでなく、身の回りのことももっと自分でできるようにならなければならない。姉との子作りを通し、涼太の中で次第に積極性と責任感が目覚めつつあった。

「ふふっ、その調子で頑張ってね、旦那様」

「うんっ、それじゃ、おやすみなさいっ」

自分の中に、不思議な力がみなぎってくるのわかる。今まで姉の陰に隠れていたときには感じたことのなかった誇らしさ、高揚感。姉の部屋を出た涼太はしっかりとした足取りで廊下を歩いていくのだった。

☆

廊下をきしきしと歩いていく弟の足音を耳にして、紗羽はそっと下腹部に手を当てる。

「涼くん、頑張ったね……」

まだ腹には弟の存在感が残っている。先ほどの弟はそれほど力強く、たくましかった。

この一週間、日常でも弟が奮闘する様をこっそりと見守っていたが、確実に成長している。しかも、紗羽の想像よりも男らしく。

やっぱりお姉ちゃんは間違っていなかったのだ。その誇らしさに先ほどだって弟を抱き締めて撫で回したいくらいだった。しかし、まだまだ甘やかすわけにはいかない。弟の成長は始まったばかりなのだ。

「ぁ、そだ……日記、日記……っ」

　それでも紗羽の中では、やはり可愛い弟のままだ。弟の成長を記録しておこうと、立ち上がった紗羽はいそいそと机に向かって、ノートを開く。

「えーと、えーと……今日の涼くんは……」

　一日の弟を思い出すだけで、また紗羽の胸が熱くなる。と同時に、弟がどれくらい成長するのか空恐ろしくさえあった。

三章　学校で子作りはいけませんっ

翌日、紗羽が食卓にやってきたとき、涼太は既に朝食を食べ終わろうとしていた。予想外の事態だったのか弟の姿に紗羽は目を丸くする。

「えと、おはよ、早いね」

「ん、おはよう。んぐっ、んぐっ」

戸惑いながらも隣の席に腰を下ろす姉に構わず、涼太は牛乳をひと息に煽る。

そんな弟の姿に紗羽は戸惑うばかりだ。

「涼くん、牛乳嫌いじゃなかった？」

「大丈夫っ、それじゃ今日は日直だからもう行くね」

牛乳を飲み干した涼太はコップを机に置いて、席を立つ。これから走って学校まで行くことを考えるとあまりのんびりもしていられない。

「ぁ、行ってらっしゃい。車には気をつけてね」

「うん、行ってきます」

思えば姉に見送られるなんて初めてのことかもしれない。涼太は不思議な気分で登校の準備を始めるのだった。

そして昼休み――。

生徒会室で姉より先に昼食を終えた涼太は弁当箱を片付け、机に国語の教科書とノートを広げる。先ほどの授業の内容をまとめておかなければならない。

「……りょ、涼くん？　どしたの？」

雑誌をめくりながら卵焼きを突いていた紗羽は、箸をぽろりと落とす。そして。

「……大丈夫？　保健室行く？」

涼太の額にそっと手の平を当てる。その声は心配半分、からかい半分だった。

「う、うるさいなっ、俺だって頑張ってるんだから……」

涼太は姉の手を振り払いノートに色ペンで線を引いていく。

自分でもこんなことをする気になるなんて思いもしなかった。が、自分のことは自分でやれるようにならなければ一人前の男とは言えない。それに、できるだけ早く一日の学業を終えて姉との子作りをしたかった。

そんな弟の姿に、紗羽はようやく手を引っ込める。

「ふふっ、頑張ってね……私のお婿さん♪」

そして弟を見守りながら、のんびりと弁当を突くのだった。

しかししばらくすると——。

「ね、涼くん、お菓子食べない？　生徒会の子が旅行のおみやげにくれたんだ」

「ん、後で食べる。今集中してるから……」

涼太は姉のほうを見もせずに答える。お菓子など家に帰れば好きなだけ食べられる。

が、またしばらくすると。

「疲れたでしょ、肩揉んであげよっか？」

「大丈夫。紗羽ねぇのほうが生徒会で大変でしょ。後で俺がしてあげるよ」

「ね、涼く——」

「もぅ、今集中してるって言ったでしょっ」

涼太は思わずペンを放り出して姉に向き直る。姉には珍しいちょっかいを持て余し気味になっていた。いつもはこんなことをする姉ではないのに。

「だって……」

弟にちょっかいを出すのに夢中になっていたのか、雑誌も弁当もそっちのけになっていた。おまけに涼太にまだ何かしようとしていたのか、彼のペンを持っている。

（まったく、しょうがないな、紗羽ねぇは……）

思わず苦笑する涼太。当主として厳しい一面があっても、やっぱりいつもの姉なのだ。厳しく育てようとしても、弟を構いたくて仕方なくて、我慢できなくなってしまう。そんな姉に気恥ずかしくも安心感を覚えた。

「……もぅ、わかったよ。じゃあ、肩揉んでくれる？」

「はーい、それじゃお姉ちゃんに任せてっ」

弟を構えるのが嬉しいのか、ぱっと立ち上がった紗羽は涼太の後ろに立ち、そっと肩を揉み始める。

「えへへ、涼くん、最近少しがっちりしてきたね……このへんとか……」

涼太の肩だけでなく、背中のあたりをぐいぐい押したり、上半身を撫で回す。

「紗羽ねぇに厳しく鍛えられてるからね……」

涼太も苦笑しつつ、久しぶりのスキンシップに心地よいものを感じていたが。

「このへんがこってるのかな？　ちょっと強めに押すね……」

体重をかける姉の身体が前のめりになり、涼太の背中に柔らかいものが押しつけられる。

しかも、彼の耳元でくすくすと笑いながら囁《ささや》くのだ。

「んふふ、昨日はあんなにたくましく種付けしてくれたもんね」

「ひっ……？　や、やめてよ、こんなとこで……」

ふっ、と軽い吐息で耳元をくすぐられ、涼太は思わず情けない声を上げる。同時に身体がかっと熱くなるような劣情を感じた。こんな場所でいけないとは思うのに、姉の過剰なスキンシップにスイッチが入ってしまいそうだ。

「涼くんがどれくらいになったか、お姉ちゃん……もっと知りたいな」

（やばい、だめだ、本気にしちゃ……）

普段ならこれくらいはあしらえるのに、どうしても姉の言葉、身体を意識してしまう。背中に押しつけられる柔らかな圧力、首をもみほぐすしなやかな指先、耳元や頬をくすぐるさらさらとした髪の匂い。

そしてとうとう涼太の我慢が限界に達する。

「紗羽ねぇ、俺っ――」

思わず姉に向き直ったとき。

――――♪

校内に昼休みの終了を告げるチャイムが鳴り響き、姉はぱっと手を離す。

「はい、おしまいっ。それじゃ放課後また来てね」

「えっ、ぁっ……うん……」

肩透かしをくらい、行き場のない欲望が急速にしぼんでいく。相変わらずにこにこと屈託なく微笑んでいる姉に見送られ、涼太はのろのろと教室に戻るのだった。

放課後、ホームルームを終えるなり涼太は教室を飛び出し、ゴミの詰まった袋を手に廊下を早足に歩いていた。

（早く……早く、掃除終わらせなきゃ……っ）

　今日の日直の仕事を終わらせ、生徒会室で姉と子作りをするのだ。今の涼太の頭の中にあるのはその欲望だけだった。家までなんて待てない。学校で制服姿の姉と交わりたい。一度姉の制服姿に性的なものを感じると、その欲望は募るばかりだった。

（紗羽ねぇと……制服の紗羽ねぇと……っ）

　一体どうやって迫ろうか、どう制服を脱がせようか、どんな体位で交わろうか、そんな妄想に胸を膨らませながら廊下を走っているときだった。ひとりの男子生徒が彼の前に立つ。意図的に涼太の進路を塞いでいた。

「……っ」

　涼太は思わず立ち止まる。姉が弟との子作り宣言をしてからよく絡んでくるようになった同学年の生徒だ。きっと姉に憧れていたのだろう。姉本人にも言えず、涼太に絡むしかないのか、しきりにちょっかいを出してくる。

　涼太にとっては天敵と言ってもいい存在だった。朝にひとりで通学したり、勉強ができるようになっても、こうした男子生徒達との諍いはどうしても苦手だ。

「なぁ、お前、ホントに姉ちゃんとしてるの？」

　にやにやと口にする男子生徒の表情はいたずらっぽく、悪意がない。小学生の頃に『姉ちゃんと風呂入ってるの？』とからかってきた同級生達と同じだ。

こんなときはどこからともなく姉がやってきて助けてくれる。いつもなら涼太もその姿を探しているところだったが。

「関係ないだろ？」

そんな言葉が口をついて出る。何しろ今の涼太には姉との子作りしか頭になく、男子生徒に構っている暇などなかった。

今までおとなしかった涼太が反撃するとは思いもしなかったのだろう。男子生徒がたじろぐのがわかった。

「……ごめん。今急いでるから」

そして涼太は呆然とする男子の横をすり抜け、ゴミ置き場に向けて駆け出す。

☆

「涼くんっ、そんなに成長して……お姉ちゃんは、お姉ちゃんはもぅ……っ、うぅっ」

廊下の物陰からその様子を見守っていた紗羽は、思わず目じりに浮かんだ涙を拭う。弟の成長速度はやはり想像以上だ。

弟が男子生徒に絡まれていることは紗羽も知っていた。だからこそ、いつもこっそり跡をつけて助けていたのに、何と弟がひとりで突っぱねてしまったのだ。

はめろめろだ。


「うぅぅ……涼くん、すごいよ……」

それも、お姉ちゃんのお婿さんになるためなのだ。それを思うと、紗羽の胸はどうにかなってしまいそうなくらいに締め付けられる。可愛いのに、男らしくて、もうお姉ちゃんはめろめろだ。

「今夜はたくさんサービスしてあげなきゃ……っ」

そんなことを考えながら、紗羽は弟の跡をこっそりとついていく。もう弟の成長を見守るのが楽しくて仕方なくなっていた。

やがてゴミ捨て場にたどり着いた涼太は網の中にゴミ袋を入れるが、他の生徒が引っかけたのか、破れた袋からゴミが散らばっていた。他の生徒もゴミを持って来るが、それぞれ急いでいるのだろう。見ないふりをして去って行く。

「………」

何やら焦れったそうにしていた涼太はやがて溜息をつき、そばにあったホウキとちりとりでゴミを片付け始めた。

(………えらい、えらいぞ……涼くんっ)

紗羽は物陰から飛び出して手伝いたいのを必死でこらえる。これくらいは当たり前かもしれないが、弟がひとりですることが大事なのだ。これはもう今夜は大サービスをしなければ。そんなことを考えながら弟を見守っていた。

★

姉弟だけの静かな生徒会室にふたりが黙々と作業する音だけが響く。

生徒会で作った書類に目を通す紗羽は時折メモをつけたり、ハンコを押したり。

涼太はその横で教科書とノートを開いて国語の宿題をしていたが、やがてぱたん、とノートを閉じる。そしてペンを放り出した。

「終わった！」

「ん、よくできました。それじゃお姉ちゃんもすぐ終わるから、お菓子食べて待ってて」

どこか誇らしげな弟の言葉にも、紗羽は鷹揚に応じてお菓子の小鉢をそっと涼太に差し出す。そしてまた書類に目を落とした。しかし。

「紗羽ねぇ……」

思い余った涼太は思わず声を上げる。昼休みからじわじわと熱を上げていた欲望のたがは今にもはじけ飛びそうだ。

「どしたの？　お菓子、足りないかな」

一方、紗羽は相変わらずだ。弟にご褒美をあげようと思っているのか、席を立ってお菓子の詰まっている箱をごそごそと探る。

「それより子作りがいいっ！」

「？　おうち帰ったらね」

弟の言葉をまだ本気と思っていないのか、紗羽は相変わらずのんびりとお菓子の箱を物色している。そんな姉に焦れた涼太はとうとう立ち上がって姉に迫った。

「今ここでしたいっ」

「えっ、やだ、ちょっと……涼くん？　子作りはおうちで……ね？」

ようやく弟が本気だと気づいたのか、紗羽は戸惑って涼太をたしなめるが。

「宿題とか全部終わったら、していいんでしょ？　今終わったからっ。それに、俺がどれくらいたくましくなったか知りたいって言ったじゃん。だから今したい！」

涼太はさらに姉に迫る。もう自分をコントロールできそうになかった。

「えーと、その……全部やったのはえらいから、うん、涼くんもすごい成長してるし……でも、あれは冗談で……それにここ……学校だし……ね？　ね？」

紗羽は何やらもごもご言いながら、じわじわと後ずさっている。弟のいたずらをどうあしらおうか苦慮しているようでもあった。と、後ずさる姉の背中がとうとう壁に当たって背後がなくなる。

「ぁ……えと、本気……じゃないよね？」

逃げ出そうとしているのか姉はちらちらと周囲の様子を窺っていたが、やがて上目遣いで探るような目を向けてくる。その声もおもねるようだった。

「俺は本気だよっ、どれくらいになったか教えてあげるっ」

しかし止まれるわけもない。涼太は鼻先が触れんばかりに迫る。

「うそっ、ちょっと、涼く――」

そして慌てる姉が言い終わる前に、唇を塞いだ。

☆

「んむっ……んんんんっ？」

一瞬、紗羽は自身の状況を理解できなかった。が、逃げられないよう壁に手を突いた弟にキスをされているとすぐにわかった。

（うそっ、うそっ……やだ、涼くんってば結構大胆…………っ？）

これは少女漫画とかでよく見る『壁ドン』というやつでは――頑張る涼くんが可愛くてついからかってしまっただけなのに、まさか本気にするなんて。かさかさした唇、微かな唾液の甘さ、熱い息遣い――弟の行動に驚きながらも、紗羽は唇から伝わってくる感触の虜になっていく。

「ちゅっ……紗羽ねぇ、絶対、子作りするからねっ」

「えと……ちゅっ、んっ、むっ……涼くんってば、ふぁっ……んむっ」

キスの心地よさはもちろん、夢中で唇を押しつけてくる弟の必死さがまたたまらない。まるで子犬がじゃれついてぺろぺろ舐めてくるような、くすぐったさが心地よい。

「んっ……やだ、涼くん、もっ……そんなにキスしたらっ、だめじゃない……」

紗羽はくすくす笑いながら弟の大胆なキスから逃れ、スキンシップを楽しんでいたが。

「おとなしくして、紗羽ねぇ……ちゅっ、今日は俺がするからね」

涼太はさらに大胆に唇を押しつけてきた。かさついた唇が紗羽の唇をぱくりと挟み、ぬらりとした口内粘膜が擦りつけられる。

（……えっ、やだ、うそでしょ……これっ、本気……っ？）

先ほどまでの心地よさとは別物のキスに紗羽は目を白黒させる。粘膜同士の触れ合いはドラマや映画で見ているようなロマンチックなイメージとはほど遠い生々しさだった。

「やら、ちゅっ、だめっ……涼くっ……これ、んむ、だめだってばぁ……」

弟との濃厚な唇接触に紗羽の抵抗は早くもとろけていく。弟の唇との摩擦は性器同士を擦り合う性感にも近いほどだった。

「んっ……やら、ちゅっ……だめだってば、涼くっ……んむっ、ちゅっ、こんなとこでっ……はぁっ……はぁっ、はっ……涼くん、これ、だめだよ……」

頭の中ではこんなエッチな気分になってはいけないとわかっている。しかし、その心地よさ、生々しさをもっと味わいたい。弟ともっと触れ合いたい。そんな欲望を振り払うように必死で顔を背けて弟のキスから逃れようとするのだが。

「ちゅっ……おとなしくして、紗羽ねぇ……」

今日の涼太は今までにない執拗さで迫ってくる。再び紗羽の唇を塞ぎつつも、ブレザーをはだけ、ブラウスのボタンをぷちぷち外していく。そして紗羽が抵抗する間もなくブラジャーを引きずり下ろした。カップに詰まっていた柔肉がたぽっとこぼれ落ちる。

「……っぷは、はぁっ、はぁっ……涼くっ、ホントにこれ、だめだよ……っ」

そこでようやく紗羽は弟を押し返した。

が、涼太は姉の手首を捕まえ――強引ではなく抵抗できる程度の強さで――壁に押さえつける。

「……俺達には子作りが何よりも大事なんでしょ？　他に大事なことがあるなら教えてよ」

「えと、それはそうだけど……でも、やっぱりここじゃだめだよ……」

涼くんは本当にここで――生徒会室で――子作りをするつもりでお姉ちゃんに迫ってきているのだ。弟の大胆さに紗羽はただ戸惑うばかりだった。

紗羽にとって、弟との子作りは大切なものだが、それはあくまでもしきたりの中でのことだ。だからいつも紗羽の部屋に呼んでいるのに、犬猫のように場所も構わず肉欲を貪っていいわけではない。特に学校でこんなことをするなんて、本来優等生の紗羽にとってはとんでもないことだ。

「やだっ、ここで紗羽ねぇとするっ、俺がどれくらい成長したか見せてあげるっ」

涼太は再び姉の唇を奪う。そして肉房をぎゅっと捕まえてこね回し始めた。

（あぅぅ……涼くん、成長しすぎだよぅ……お姉ちゃん、こんなの……）

弟はもう昨日までの子犬とは違う。姉に子作りを迫るたくましい牡犬になりつつあるのだ。まさかたった一日でこんなに大胆になってしまうとは。弟の成長にもう手がつけられなくなりつつあった。

「ふぁっ……ぁっ、んむっ、やら……キしゅと、おっぱい……両ほっ、やらぁぁ……」

弟の大きな手が柔肉を包み込み、ぐいぐいと揉みしだく。その手つきも今までの弟のような優しさはなく、食い込ませた指の間から漏れ出す肉を捕まえ、ぎゅうぎゅうと揉みしだいた。引きつれ、翻弄されるような性感が紗羽の抵抗をとろかしていく。

「ちゅっ、紗羽ねぇのおっぱい、すごい、ずっとこうしたかったんだよねっ、制服の紗羽ねぇと……っ」

「……んむっ、こ、こらぁぁ……そんなエッチなこと、いけないんだからっ……あむっ」

お姉ちゃんの制服でこんなことを考えていたなんて、涼くんもやっぱり男の子なのだ。弟の年頃らしい性欲の発露に戸惑いながらも、紗羽の胸は高鳴る。しかし。

「あぅっ、だめ……学校でこんなことしたら……お姉ちゃん、生徒会長だし……」

本来なら紗羽はこういう行為を止める立場なのだ。それに、ここで弟に応えたら弟が学校エッチや制服エッチにハマってしまうかもしれない。大事な弟にそんな悪いことを覚えさせるわけにはいかない。必死で弟を遠ざけようとするものの。

（あぅぅ……ぅぅ、涼くんのキスと手、気持ちよくて……お姉ちゃん、もぅ……）

今や紗羽の唇は弟の唇との境目がわからなくなるくらいとろけ、唾液がとろとろと混ざり合っている。ぎゅうぎゅうと揉みしだかれる肉房への刺激もふわふわと心地よく、弟を押し返そうとする手は弱々しく震えるだけになっていた。

★

「こらぁ……涼くん、ホントにもぅっ、らめっ……んむっ、だめだってばぁ……」

（やばい、やっぱり紗羽ねぇの身体……すごっ）

涼太は夢中で姉の唇を味わいつつ、柔房をまさぐっていた。

姉の唇は暖かく、ぷるんとした粘膜と触れ合い、擦れ合うだけで口の中はとろとろと心地よい。先ほどお菓子を食べていたせいか甘く香る唾液もたまらなかった。

もちろん肉房の感触も格別だ。手の平に収まりきらないほどの質量はもちもちと柔らかく、微かに汗ばんだ肌が指の間にまで吸いついてくる。

「んっ……むっ、んふっ、ちゅっ……涼くっ、も、だめだってばぁ……やら、らめっ……」

そして、愛撫を受け入れてとろとろになっていく姉の姿が涼太の劣情を煽った。

いつも涼しげな瞳は視線は焦点が合わず、弟をたしなめようとする口は姉弟の唾液まみれになり、ふうふうと熱い息を吐き出している。

(くぅうぅっ……紗羽ねぇ、可愛いすぎ……っ)

姉らしく振舞おうとしているのに、弟の愛撫に逆らえない。そんな姉の姿がさらに涼太を大胆にしていく。姉をもっと味わいたい、可愛い姿を引き出したい。そんな欲望のままに姉のスカートをまくり上げショーツに手を突っ込んだ。

「……やっ？　こ、こらっ……んっ、涼くっ……そっちはホントに……っ」

慌てた声を上げる姉の手が涼太の手を押さえつけるが。

「わっ、紗羽ねぇのここ……もうこんなになってる」

涼太は構わずに中を探る。姉のショーツの中は愛液と汗で蒸れ、指先にはぬらぬらと蜜が絡みついてくる。恥丘から指を添わせ、肉裂の中に差し入れると、内部は愛液の沼になっていた。

「やらっ……涼くんのばかぁ、だめって言ったのに……もぅ、だめだってばぁ……」

涼太のキスに唇を塞がれながらも、紗羽は喉の奥で甘い声を上げている。

そんな姉の反応に調子づいた涼太は指先で膣口を探り出し、つぷりと差し入れた。

「んぅぅうううっ？　んっ……ひぅっ、んぅぅうっ……やだ、指、入れひゃ……っ」

姉の身体がふる、ふる、とひくつく。一方、肉壺は弟の指におもねるように蠕動《ぜんどう》していた。そのうねりに誘われるように、涼太は人差し指と中指を押し込んでいく。

「わ、わっ、紗羽ねぇのここ……どんどん俺の指が入ってってっちゃうよ」

涼太自身、姉にこんないたずらをしてはまずいとわかっているのだが、どうしても止まらない。とろける姉が可愛くて、嬉しくて、加減が効かなくなっていた。

「こ、こらぁ……ぁぅ、やっ、やめなさい……っ、お姉ちゃんはっ、涼くんを……こんなにエッチな子に育てた覚えはありません……っ」

紗羽は秘部をまさぐる涼太の手を押し返すが、その力は弱々しい。睨みつけようとする視線も、いつも弟をしかるときの気丈な表情も、膣と同じく熱く潤んでいる。

「～～～～～～～っ」

心臓が爆発しそうな愛おしさと、眩暈《めまい》のような劣情が涼太を襲う。もっとこんなふうに言ってほしい、叱られたい。そんなイタズラ心と劣情に煽られた涼太は、二本の指で姉膣をかき回し始めた。

☆

（んぅぅ……これ、絶対だめよ……お姉ちゃんとして、涼くんをちゃんと……）

叱らなければならない。こんな簡単に反応したら涼くんが悪いことを覚えてしまう。学校でお姉ちゃんにいたずらをして楽しむような悪い子になってしまう。

「……っぷは、はぅっ……涼くっ、お姉ちゃんはこんなこと——」

紗羽は弟のキスから逃れ、必死でたしなめようとするが。

「でも、紗羽ねぇ、すごい可愛い声出てるよね……」

弟が耳元で囁き、膣襞に指の腹を撫でつけてくる。膣口近くの浅い場所にある性感帯を的確に捉えていた。

「……んひぅっ？　こら……ぁぁっ、いつの間にこんなこと……覚えてっ、ぁっ」

弟の囁き声に怖気にも近い性感が駆け上がり、紗羽の声が震える。同時に、男の子らしく節くれ立った指がぷちゅぷちゅと襞を撫で潰すたびに、鋭利な快美が駆け上がってきた。一体どこでこんな意地悪を覚えたのか、ただ快楽に翻弄されるばかりだ。

「だって、紗羽ねぇにもっと気持ちよくなってほしいから……っ、ほら、こうでしょっ？」

（うぅ……涼くんってば、そんなこと言われたら……っ、だめって、言えないよぅ……）

意地悪をしながらそんなことを言うなんて反則だ。お姉ちゃんのためにこんなことまで覚えてくれたと思うと、怒れなくなってしまう。弟の意地悪ながらも執拗な膣愛撫に、紗羽の身体はじわじわと昇り詰めていく。

「はっ、んっ……だめ、だめだってばぁ……学校で、エッチなことは……いけません……」

「紗羽ねぇの〝だめ〟は〝もっとして〟ってことでしょ……ちゅっ、れるっ」

紗羽ねぇの弱々しい制止など構いもせず、涼太はさらに大胆に舌をねじ込んできた。ぬらぬらとした舌粘膜が紗羽の口内を舐り回す。唇の裏、歯茎、頬の裏側、様々な粘膜を擦り上げていった。

「……違っ、んむぅぅっ……むぅっ、こらぁ、これは、ホントにらめ……らからぁ……」

そうだけど、そうではない。今まで弟を焚きつけるために口にした言葉がすべて裏目に出てしまっているのを感じながら、紗羽は弟の濃厚なキスのなすがままになるしかない。

「紗羽ねぇ、舌……ちゃんと出して、ほらっ、れるっ、じゅるっ」

涼太の舌は紗羽の口内を動き、舌を探り出す。

途端、慌てて舌を引っ込める紗羽だが、涼太の舌に絡みつかれずるずると引き出されてしまった。

(嘘……っ？　そんなっ、涼くんのキス、エッチすぎ……こんなの、変になっちゃう……)

舌同士で絡みつくねっとりとした生々しさは、まるで脳味噌までかき回されているような性感だ。紗羽の思考はもうどろどろになる寸前になっていた。

「紗羽ねぇっ、れるっ、じゅるっ、こっちももっとしたほうがいいよねっ」

弟の人差し指と中指、二本の指が敏感な膣隆起を擦り立てる。内側からこぽこぽとあふれ出す愛液がかき出され、淫音を立てた。同時に、もう一方の手が肉房をぐいぐいと揉みこねる。

「んひっ、ひっ……れりゅっ、あぅっ、じゅるっ……涼くっ、これ、しゅご……っ、ひっ、お姉ちゃっ……も、溶けちゃ……っ」

口内粘膜と膣内を同時にかき回される性感と、肉房を翻弄されるふわふわとした感覚。身体の芯から溶けてしまいそうな快楽の波が迫ってくるのを感じる。学校でいけないとわかっていても、大好きな弟にされて快楽を拒絶できるわけがなかった。

「イって、紗羽ねぇっ……れるっ」

弟の舌がずるりと絡みつき、膣襞をぷりっと擦った瞬間、紗羽の脳髄がどろりと溶ける。

「……んむぅうっ！　はっ、はぷっ……お姉ひゃっ、イっひゃ……ひっ、んひ……」

思考が溶け出しそうになるほどの恍惚感に、紗羽は喉の奥でイキ声を上げる。口も、おっぱいも、アソコも全部が気持ちよくて、どろどろして、もう何も考えられない。

「れるっ、じゅるっ……もっとイって、紗羽ねぇ……」

その間も、弟の舌は紗羽の口内を舐り回し、その手、指がゆったりと刺激を与え続ける。

「んっ……ふぁ、ぁっ……んぅっ……やらぁ、涼くんのばかっ、ばかぁ……お姉ひゃっ、溶けちゃっ……ぁぁ」

涼くんがこんな意地悪にお姉ちゃんをイカせられるようになってしまうなんて。結局なすがままになってしまった紗羽は、弟をなじりながら快楽に身体を震わせ続けた。

★

「ぁ……は、はぁ……はぁ……お姉ちゃん、涼くんに、イカされちゃ……っ」

微かに身体を震わせる姉の表情はもう快楽にとろけていた。視線は焦点が定まらず、熱い息を吐き出す口の端からは微かに唾液が垂れている。

(やった、俺が紗羽ねぇをこんなにイカせたんだっ)

自分が姉をリードして、とろけさせたのだ。絶頂にひくつく姉の姿に愛おしさを覚えると同時に、牡としての誇らしさが涼太の下半身を熱くした。肉竿はもう制服の中でがちがちに硬くなり、痛いくらいだ。

「紗羽ねぇっ、もう子作りしてもいいよね？」

涼太は制服のチャックを下ろし、肉竿を引きずり出して姉に迫る。

「……ぇ、やっ？　ちょっと、涼くん、何やって――」

絶頂にとろけていた紗羽がようやく我に返り、慌てて涼太を制止しようとする。

が、涼太は弱々しく抵抗する姉に構わず、その脚を抱え上げ、ストッキングを破き、ショーツをずらして秘部を露出させせる。

「うそっ、やだ、涼くん、ホントにだめだってば！　落ち着いて……ね？　ね？」

紗羽は脚をぱたつかせ、必死で涼太を押し返そうとするがその手の力はやはり弱い。絶頂の余韻で力が入らないのだろう。

「紗羽ねぇ、入れるよ……っ」

そんな姉の姿がさらに涼太の下半身を熱くする。思わず秘裂に肉棒を押しつけると、愛蜜にまみれた肉唇がぬちゃりと竿を挟み込む。

「やっ……涼くっ、入れちゃ――」

「………」

しかし涼太は肉裂に勃起を添わせたまま、ぬらぬらと前後に擦りつける。姉の柔らかな肉割れはぴたりと吸いつき、それだけでも充分な刺激だった。そんな感覚をしばらく楽しんでいると。

「ぁ……ぅ、入っ――？　あれ、そんな……えっ、えっ……ぁ、何で……？」

紗羽がどこか苛立ったような息をつき始める。その表情もどこかもどかしげで、弟を叱ろうか、どうしようか迷っているようでもあった。

（くぅぅっ……入れたい、入れたい、入れたいっ）

本当は今すぐに姉に入りたい。温かくとろけた蜜壺に埋もれ、擦れ合い、思う存分に精を放ちたい。しかし涼太はそれをこらえ姉の肉裂に自身を滑らせる。姉に求めてほしい。牡として成長した自分を求めてほしいのだ。

「ぁぅ……くっ、ぅぅっ、涼くっ……んぅっ、ふぅっ、ふぅ……っ」

しばらく苛立たしげな吐息を吐き出していた姉は、やがて涼太の額に擦りつけてくる。

「りょ、涼くんっ、お姉ちゃんに……また意地悪、してないっ？」

その表情は叱りたいのに焦れったそうな、初めて見る姉の表情だった。

「だって、学校でしちゃいけないんでしょ？　紗羽ねぇが本当に嫌なことはしたくないんだ……でも、もししたいなら、紗羽ねぇにおねだりしてほしいな」

言いながら、涼太は姉の秘裂を肉竿でくちゅくちゅと擦り上げる。

「なっ……ぁ、ぅぅ……そんなこと……いけないんだから……いけないんだから……」

言葉を探して口をぱくぱくさせる紗羽。戸惑った表情、揺れる瞳に様々な想いが入れ替わり立ち替わり現れるのがわかった。優等生としての姉、次期当主としての姉、弟大好きお姉ちゃん――とうとう上目遣いに探るような瞳が涼太を見据える。

「も、もぅ、わかったからぁ……ぅぅ、お姉ちゃんと子作り……して……っ！」

「～～～～～っ！」

叫び出したくなるほどの興奮に、涼太の下半身にぎゅっと血流が集中する。大好きな姉にこんなふうにおねだりされるなんて、弟としてこんなに嬉しいことはないだろう。

「わかった……それじゃ、子作りするね」

涼太は熱く昂った自身の先端で、姉膣の入り口を探す。そして柔らかくほぐれた肉穴を見つけると、ひと息に突き立てた。

☆

「んはっ……ぁっ、ぁぁああっ、いきなり……ひっ、だめぇぇ……っ、お姉ちゃんの奥まで、広がっちゃ……ぁはっ、はひっ、ひっ……」

弟勃起に最奥部まで貫かれ、紗羽は息を喘がせる。膣奥までぎっちりと埋まった弟の肉棒は硬く、相変わらずたくましく脈動していた。息苦しさを覚えるほどの存在感だ。

「わっ、紗羽ねぇの中、もう奥までどろどろになってる……」

言いながら涼太もじっくりと姉膣を味わうように微かに腰を揺らす。

「うぅ、涼くん、学校でお姉ちゃんにエッチなこと言わせて……後で怒るからね……っ」

弟と額を擦り合わせたまま、紗羽は息を喘がせながらも弟を脅しつける。まさか可愛い弟がこんなにエッチで意地悪な焦らし方をしてくるなんて。欲望に屈してしまった自身を情けなく、はしたなくも感じた。

「うん、後で怒っていいから、たくさんするねっ」

その一方、見つめ返してくる弟のいたずらっぽい表情が紗羽の胸を熱くする。いつもお姉ちゃんの陰に隠れていた涼くんがこんなにお姉ちゃんを翻弄するまで成長したのだ。嬉しく思わないわけがない。

「じゃ、動くよ……」

そして涼太はゆっくりと腰を揺すり始める。

「んっ、ぁっ、ん……早く済ませてね……学校でこんなこと、いけないんだからっ……ふぁっ、ぁぁっ？　ぁぅ……っくぅ」

肉棒がずるっ、ずるっ、と肉壺を往復し始めるなり、紗羽は早くも嬌声を上げる。弟だけイってくれたほうが早く済むのに、たっぷりといじられたせいで身体は容易に快楽を受け入れてしまう。

（うぅ……やっぱり、涼くんのおちんちん、指より……感じちゃうよぅ……っ）

弟の節くれ立った指が意地悪に膣内をかき回す感触もいいが、肉棒はやはり別物だ。引き出されるときは肉傘がごりごりと膣壁をこそげ、入ってくるときは硬く膨らんだ亀頭が膣奥までをぐいぐいと割り入ってくる。その往復だけで下腹部がじんじんと甘く痺れていくのを感じたが。

「んっ……ふぅっ、ふぅっ、ぁっ、ふっ、く……んぅ……はっ、はくっ……んっ」

紗羽は唇を噛み、喉の奥から漏れ出す甘い吐息を押さえ込む。いくらしきたりでも、学校で子作りなんてやっぱりいけないことだ。しかもここはいつもみんなのために活動している生徒会室でもある。紗羽の中で優等生の部分が快楽を抑え込もうとしていた。

「紗羽ねぇ……気持ちよくない？」

額を擦りつけてくる弟が紗羽の目を覗き込んでくる。その瞳はどこか子犬のようだった。まるで自分のいたずらがどれくらい効果があるか探るような。

（はぅぅぅぅ……っ？　そんなの反則だよぅっ！　そんなにされたら……お姉ちゃんっ）

そんな弟の言葉に胸と下腹部がぎゅっ、と締めつけられる。

「ぁっ、うぅっ、それは……んっ、えと……うぅっ、涼くんの意地悪……っ」

気がつけば紗羽は涼太の首にしがみつき、弟勃起が膣内を動く感触を楽しみ始めていた。

★

（くぅっ、やっぱり……紗羽ねぇの中、めちゃくちゃ気持ちいいっ）

ゆっくり腰を揺する涼太は姉膣をじっくりと味わっていた。肉洞は奥まで愛液の沼になり、ほぐれた肉襞が勃起をにゅるにゅると撫で、しごき上げてくれる。気を抜いたらそのまま搾り出されてしまいそうな心地よさだ。

「んふっ……く、やっ、涼くん……エッチなの、いけないんだからぁ……」

涼太の抽送に翻弄され、喘ぐ姉の姿も官能的だ。切なげにひそめられた表情、唾液に濡れた半開きの口から漏れる嬌声、身体中から立ち上ってくる甘い匂い、しがみついてくる腕。姉がいつも真面目に頑張っている生徒会室で交わっている。後で怒られるとわかっていても、背徳感がさらに涼太を昂ぶらせた。

「……っくぅ、ふっ……んっ、ふ、ふぅっ……早く、んっ、済ませてよぅ……」

しかし、嬌声をこらえる姉の姿は楽しくも、涼太にはまだ物足りない。せっかくこんなに盛り上がっているのだから、大好きな姉と一緒に学校での子作りを楽しみたい、もっといたずらをしたい。そんな想いが涼太を大胆にしていく。

「そうだよね……生徒会室で姉弟で子作りしてるんだから、誰かに見つかる前に早く済ませないとね」

涼太は腰を揺すりながら姉の耳元で囁く。

「……ひぁっ？　あっ、ふぁ……こらぁ、そんなこと……言っちゃだめでしょっ……」

途端、姉の身体がぶるるっ、と震え、喉の奥に抑え込んでいた嬌声が漏れ出した。膣洞もきゅっと反応する。

「紗羽ねぇが生徒会室でこんなエッチなことしてるなんて思わないだろうね」

涼太は姉膣の最奥部に肉棒をこじりつけながら囁く。こんなことをしたら余計に怒らせるだけだ。わかっているのにそれが面白くて止められなかった。

「こ、こらぁっ、そんなエッチなこと……言っちゃ、いけません……っ、お姉ちゃんはそ

んなこと……っ、ふぁっ……ぁぁっ」

紗羽の声は今や震え、子宮口をねぶるたびに膣穴が収縮を繰り返す。それなのに、相変わらず快楽をこらえるように、弟をたしなめようとするのだ。

(うぅ、ごめん……紗羽ねぇっ、でも、すごい興奮するっ)

そんな姉の姿が余計に涼太の胸を熱くする。大好きな姉を乱れさせたい、一緒に悪いことをしたい。想いは募るばかりだった。

「じゃ、早く済ませるね……まずは紗羽ねぇが学校で妊娠しやすいように、ここを広げておかなきゃ……」

涼太はぐっと腰を押しつけて膣奥に肉棒をねじ込み、柔らかな泥濘の底をかき回す。先端が別の器官への入り口をぐりぐりと舐った。

「……んひっ？　ひんっ、こらっ、ちょっと、涼くっ……そんなエッチなことしちゃだめでしょっ……ひぅっ？　奥、だめだってばぁ……」

姉の喉からひと際高い牝声が上がる。

「ほら、紗羽ねぇ……興奮するでしょ？　今から学校で本気の子作りしちゃうんだよ」

言いながら、涼太は腰をくねらせ肉棒で子宮口をぐちゅぐちゅとこじる。最奥部からはどろどろとした粘液があふれ、鈴口が擦れるだけでむずむずとした感覚が心地よい。

「ぁぅ……ぁ、ぅ……ぅぅ、そんなにお腹の奥、いじったら……お姉ちゃん、もぅ……」

姉の声は次第に甘くとろけ、子宮口もじわじわとほぐれてくるのを感じた。とうとう姉が学校子作りを受け入れつつあるのだ。そんなとき――。

――――♪

生徒会室に校内放送が響き渡り、ふたりはその場で固まった。しかも。

『――、――』

生徒会長を職員室に呼んでいる――姉を探しているのだ。

「……………」

荒い息をついたまま姉弟は見つめ合う。しばらくして紗羽が恐る恐る口を開いた。

「ぇと……お姉ちゃん、呼ばれてる……から……」

言葉とは裏腹にその声音はどこかおもねるようで、見つめ返してくる瞳は物欲しげだ。

「やだ……っ！　ここで紗羽ねぇに種付けするっ」

言葉が勝手についていて出ていた。今ここで姉を責め、種を植えつけたい。半ば獣欲にも近い衝動に駆られた涼太は姉の身体を壁に押しつけ、がつがつと腰を叩きつけ始めた。

☆

「ひぐっ？　こ、こらぁっ！　ぁひっ、お姉ちゃっ……呼ばれてるって言ったのにぃっ」

腹の奥まで肉棒で貫かれ、紗羽の喉から悲鳴混じりの嬌声が上がる。思わずぽこぽこ弟の背中を叩くが。

「ふぅっ、ふぅ……紗羽ねぇに種付け、学校で種付け……はぁっ、はぁっ」

スイッチが入ってしまったのか、涼太は止まる気配もなく腰を叩きつけてくる。普段の弟からは想像もできない荒々しさだった。せっかく弟に止めてくれるようにお願いしたのに、それが火をつけてしまったらしい。

(あぅぅ……涼くん、もうめちゃくちゃになっちゃったよぅ……ぅぅ、激し……すぎっ)

弟の劣情に紗羽は圧倒されるばかりだ。背中を壁に押しつけられているせいで衝撃を逃がすことができず、肉棒は容赦なく膣奥を叩く。子宮を殴りつけられる鈍重な快楽、普段は見せない弟の獣欲の発露に紗羽の思考はぐらぐらと揺れた。

「ぁっ、ぅぅっ、ねぇ、涼くっ……学校でこんなこと、ぁふっ、だめだってばぁ！　本当に誰か来ちゃうかもっ……しれないからっ」

放課後は部活もあるし、生徒会長の仕事は途切れることがない。もしかしたら誰かが探しに来てしまうかもしれない。弟の激しい抽送に翻弄されながら、紗羽は必死で訴えるが。

「やだっ、紗羽ねぇと子作り……紗羽ねぇと一緒に気持ちよくなる、ふぅっ、ふぅっ……紗羽ねぇだって学校で子作り、興奮するでしょっ？」

涼太の剛直はいよいよ激しく膣内をかき回す。膣壁を擦り上げ、子宮に直接問いかけるするような激しい打擲《ちょうちゃく》に、紗羽の下腹部がきゅん、と疼く。

（ぁぅっ、そんなに一生懸命おねだりされたら……お姉ちゃんだって、もぅ……っ）

意地悪に姉を翻弄しながらも、快楽を共有しようとねだる弟の必死な抽送が、姉の本能を強烈に刺激する。弟にこんなにがっつかれて、ともに高まろうとねだられて嬉しくない姉なんているわけがない。

そして、とうとう――。

「……ぅぅっ、お姉ちゃんだって、お姉ちゃんだって……興奮しちゃうに決まってるじゃないっ、いけないのに……涼くんがっ、エッチだからぁ……っ」

紗羽は弟にしがみつく。ここが学校だということも、こんなことをしてはいけないこともわかっている。それでも、もう昇り詰めていく身体をどうしようもできなかった。

「はぁっ、はぁっ、うんっ、紗羽ねぇ……俺も、すごい興奮する……」

姉とともに高まっていることが嬉しいのか、涼太の抽送もいよいよ激しくなっていく。ときに長いストロークで、ときにせわしなく小刻みな往復で、姉膣をかき回した。

「はぅっ、んぅっ……お姉ちゃんも、お姉ちゃんも……感じちゃうっ、学校で、涼くんと子作り……っ、いけないけど、感じちゃうよぅっ！」

紗羽も弟にしがみつき、昂っていくままにわめく。みんなを導く生徒会室で弟と子作りなんて、誰かに見つかったらと思うと――ぞわっ、と怖気にも近い感覚が紗羽を襲い、快楽を一段階押し上げる。

「ふぅっ、ふぅ……ふぅっ、もっ、出すからねっ」

弟の声は切羽詰まり、ひくつく肉棒が膣奥を乱暴に突き上げる。先端が柔らかくほぐれた子宮口にまで入り込んでくる。

「うぁっ？　ぁ、涼くっ……それ、そんな、奥まで突いたらっ、お姉ちゃんも、もぅっ」

弟の射精が近いのを膣が感じ取り、ぎゅるぎゅると膣が収縮を始めたとき――。

――♪

『――、――』

再び校内放送が始まり、紗羽を呼び出したが。

「紗羽ねぇに……種付けするからねっ」

「うんっ、うんっ……お姉ちゃんに出してっ、種付けしてっ……してっ」

放送などお構いなしに紗羽は弟を求め、絶頂への階段を一段ずつ昇っていく。弟との子作りより大切なことなんてあるわけがないのだ。求め合うふたりの身体がぶつかるたびにたぱたぱと肉音を立て、結合部はくちゃくちゃと粘膜が擦れ合う音を立てた。

そして――。

「紗羽ねっ……もう、出るっ……」

紗羽の身体を壁に押しつけた涼太が、腰を叩きつけて肉棒を膣内深くに陥入させる。

直後、紗羽の子宮内に熱液がぶちまけられた。

「……ひぐっ、ぅううっ？　あっ、あぁっ、お姉ちゃんもイっちゃ……涼くんのお汁でイっちゃ……はっ、はっ……かひっ、ひっ……」

子宮をこじられて高められた上に牡液を注ぎ込まれる快楽は強烈だった。弟の白濁で子宮を染め上げられ、溺れていくような絶頂に紗羽は息を喘がせる。

「ぅ……紗羽ねぇに、種付け、もっと出すっ、学校で紗羽ねぇをっ、孕ませるんだっ」

紗羽の膣内深くに肉棒をめり込ませたまま、涼太は腰を震わせ吐精を続ける。肉竿が何度もしゃくり上げては牡液をびゅるっ、びゅるっ、と吐き出した。

「はぁっ、はぁっ……ぁっ、ひっ……ぅぅ、涼くんっ、いけないいんだぁ……学校なのに、こんなにお姉ちゃんの中に出すなんて……っ、ぁっ、またイっちゃ……」

学校でいけない子作りをするのがこんなに気持ちいいなんて、涼くんに教えられてしまった。弟の子種を子宮で受け止める充足感と背徳感に、紗羽はその首にしがみついて喘ぎ続けた。

★

職員室前の廊下には放課後の騒がしさが伝わってくる。涼太は教師に罰を受ける生徒のようにドアの横に立っていたが。

「……失礼しました」

「っ！」

姉が頭を下げて職員室から出てくるなり思わず身を強張らせる。

やがて紗羽は何も言わないまま手を引いて廊下を歩き出した。

廊下では様々な生徒が姉に声をかけるが、微かに頷くだけで彼らをかき分けてずんずんと進んでいく。そんな勢いに涼太はただ黙って従うしかなかった。

そして昇降口の片隅に涼太を押し込み、ようやく姉が口を開く。

「涼くん……お姉ちゃんに言うことあるんじゃないかな？」

「……その、ごめんなさい……」

涼太の口から出たのはかろうじてその言葉だけだった。

あれから姉は慌てて職員室に向かい、先ほどようやく用事を済ませてきたところなのだ。涼太のせいで教員達も訝《いぶか》しんだに違いない。それどころか、一歩間違えば本当に誰か来ていたかもしれないのだ。

「ねぇ、涼くんが男の子らしくなってくれて、お姉ちゃんを求めてくれるのは嬉しいよ。だからって、犬猫みたいにどこでだってしていいわけじゃないんだよ？」

「はい……」

姉には珍しい、怒りの混じった諭すような口調に、涼太はただうなだれるしかない。顔を見ることさえできなかった。

「涼くん、反省してますか？」

「………」

姉の言葉に涼太はこくりと頷くのが精いっぱいだ。どんなに成長したつもりでも、姉にこんなふうに怒られたら昔の自分に戻ってしまう。

「もう学校で子作りはしませんか？」

「………」

姉の言葉にこくこく頷く涼太。

ふっ、と姉の放つ気配が和らぎ、涼太の頭に手が乗せられた。思わず顔を上げると。

「わかればよろしい。ちょっと意地悪だったけど、お姉ちゃんも本気になっちゃったし……ちゃんとリードできたね」

いつものように頭を撫でる姉が柔らかな笑みを浮かべていた。

「う、うん……っ」

姉に叱られるとしょぼくれてしまうように、ほめられると途端に嬉しくなってしまう。自分でも恥ずかしいが、それが弟というものなのだ。そして姉は手を引いて歩き出す。

「おいで、今日は特別に一緒に帰ろ」

った。

「うんっ」

先ほどの強引さとは違う、歩調を合わせるような優しさに涼太は喜んでついていくのだった。

☆

深夜、自室でいつものように日記をつけていた紗羽は今日の出来事を書きつけ、思わず頬を赤らめる。

「……きゃっ、涼くんってば大胆……っ」

弟の大胆で意地悪な愛撫を思い出すだけで、紗羽の顔が赤くなる。いつもの素直可愛い涼くんもいいけど、ああいう意地悪かっこいい涼くんもなかなかだ。あんなふうに迫ってくるなんて、まるで少女漫画の男の子みたいでお姉ちゃんもときめいてしまった。

「はぁ……」

しかし紗羽は今日何度目かわからない溜息をつく。満足感からではなかった。

今日は弟の成長を自身の身体で確かめられて嬉しいはずなのに。このまま頑張っていればきっと赤ちゃんだってできるし、おばあ様だって認めてくれるだろう。それなのに。

「ちょっと寂しいな……」

やっぱり昔の弟が少し懐かしくなってしまう。いつもお姉ちゃんのうしろをついてきて、たくさんお世話をさせてくれた涼くん。もちろんいつまでも甘ったれの弟ではならないのはわかっているけれども——。

「ううん、だめよ……紗羽っ、こんなことじゃ……っ」

当主となるのだから、弟を甘やかすことを考えてはならない。ときに厳しく、ときに励まし、成長させなければならないのだ。そう自分に強く言い聞かせた紗羽は日記帳を閉じるとまたひとつ溜息をつき、床につくのだった。

四章　たまにはお風呂で子作りしたいな？

数日後の昼休み――。

涼太は姉の待つ生徒会室に向かおうと弁当を取り出す。あれから『学校で子作りはしない』というルールを守り、姉弟の関係は元通りだ。涼太も毎日できるだけ姉に頼らないようにに生活している。

それでも、やはり涼太にとって姉は姉のままだ。例え婿だとか子作りだとか関係が変化しても、いつものように一緒に昼食を摂る時間は大切なものだった。

と、席を立とうとしたとき、同級生の女子ふたりがそばにやってくる。

「えーと、何？」

「昨日の数学の宿題、もうやったよね？　ちょっと教えてくれない？」

言いながら、ふたりはそれぞれ数学の教科書とノートを開いて彼に見せる。

「いいけど、あんまりちゃんとは教えられないよ」

実際、宿題はもう終わらせている。教えるくらいはできるだろう。

「えーと、ここはこうして――この項に代入して――こうくくれば――」

「うん……うん……」

　クラスメイトに教えながらも涼太は不思議な気分を味わっていた。こんなふうに誰かに教えるときがくるなんて思いもしなかった。それもこれもすべて姉のために頑張ってきた成果だ。

　とはいえ、せっかくの昼休みを誰かの宿題に使うわけにはいかない。手早くコツを教えた涼太はさりげなく席を立つ。

「それじゃ、これから用があるから」

　そして涼太は姉の待つ生徒会室へと急ぐのだった。

☆

「…………」

　弟を迎えにきていた紗羽は物陰からそのやり取りを眺めていたが、やがて溜息をつく。もう同級生に宿題を教えられるようになってしまったのだ。姉として誇らしいくらいなのに。

「一条くん、最近しっかりしてきたよね」

「うん、何か前より男の子らしくなってきたっていうか……」

「会長のお婿さんっていうけど、やっぱりお姉ちゃん離れできたからかなぁ」

女子生徒は紗羽の存在など気づきもせずに、くすくす笑いながら教室を出ていく。

ふたりのやり取りをこっそり聞いていた紗羽はかりかりかりと壁を引っかいてた。

「やっぱり……やっぱりお姉ちゃん離れなんだ……」

正確には『姉離れ』などではないだろう。それどころか、姉弟の関係はしきたりを通してもっと近く、濃密にさえなっているのだ。それでも最近の弟を見ていると、姉弟関係の変化という意味ではやはり『姉離れ』を考えずにはいられなかった。

朝はひとりで起きるようになったし、学校にも遅刻せずにひとりで登校している。宿題もひとりでできるようになってしまった。紗羽が世話をできることがほとんどなくなろうとしている。

「やっぱり、寂しいよ……」

もちろん弟の成長は紗羽には何よりも嬉しいことだ。それでも弟には昔のように甘えてほしいし、お世話もしたい。お姉ちゃんだけの宝物でいてほしい。そんな姉の本能にはどうしても抗えなかった。

「ぅぅぅぅっ……お姉ちゃんはっ、お姉ちゃんはもぅ……っ」

今まで抑えつけていた想いがふつふつと胸の奥で泡立ち始めるのを感じた。次の瞬間、とうとう欲望を押さえつけて蓋がぱかっと弾ける。紗羽は弟の待つ生徒会室へと早足に歩いていった。

★

「ごちそうさま」

弁当を食べ終わった涼太が片づけを始めようとしたときだった。

隣で弁当を突いていた姉が箸を置き、そっと椅子を引いたかと思うと。

「はい、それじゃお姉ちゃんのお膝っ」

ぱちんと自身の太ももを叩く。

一瞬、何のことわからなかった涼太もすぐに理解した。姉は膝枕をしようというのだ。昔はよくしてもらっていたのだが。

「……でも、もうそういう年じゃないじゃん……」

今さらこんなことをしてもらうなんて正直少し恥ずかしい。それに、こんなふうに甘えてはならないと戒めていた姉から言い出すなんて。

「いいから、ほらっ」

紗羽は柔和な笑みを浮かべたまま涼太を手招きする。

「じゃあ、その……うん」

まるで犬猫を呼び寄せるような手つきに、涼太も誘われるまま姉の太ももにそっと頭を預ける。ストッキング越しのハリのある肉質が、彼の頭部を絶妙な弾力で受け止めた。

(やっぱり、いいな……紗羽ねぇの膝枕)

この柔らかさ、弾力、温かさ、懐かしい感触だ。

「ふふっ、お昼休みが終わる前に起こしてあげるからね」

言いながら紗羽の手がそっと涼太の頭を撫でる。

「ん………」

見下ろしてくる姉の柔らかな視線、ふわりと漂う甘い匂い。次第に涼太の瞼《まぶた》が落ちていく。未だに状況がわからないにも関わらず、姉の膝枕の心地よさには逆らえない。

と、何やらごそごそ衣擦れの音がしたかと思うと、柔らかくもちもちしたものが顔に触れ、何かを口に含まされる感触。

(あれ、何だこれ……)

初めてなのに初めてではないような感覚に、涼太はまどろみの中で自身の経験と照らし合わせる。と、姉のもう一方の手がそっと股間に触れるのを感じた。

「んふふ、それじゃ、次はこっちを――」

(これ、おっぱ………?)

その手は器用に制服のチャックを下ろし――。

「っ!」

ハッと我に返った涼太はようやく自身の状態を理解する。膝枕されながら姉の乳房を口に含まされていたのだ。先ほどごそごそ聞こえたのはブラウスをはだけていたのだろう。そして股間に伸びた姉の手がチャックを下ろして『中身』を引きずり出そうとしている。

「……っぷは、何やってるの、紗羽ねぇっ」

「ん？　姉弟のスキンシップだよ。たまにはこういうのもいいかなって思って……」

身体を起こした涼太は思わず声を荒げてしまったが、姉は相変わらずだ。いつものたおやかな笑みに、涼しげな瞳で見つめ返してくる。

「な、何考えてるのさっ、学校でこんなことしちゃだめって言ったでしょっ」

未だに状況を理解できないまま、涼太は姉を諭す。学校でもうエッチなことはしないと約束させられたばかりなのに、まさか姉からこんなことをしてくるなんて。

「……涼くん、お姉ちゃんのおっぱい、嫌いかな？」

今度はどことなく傷ついた表情を見せる紗羽。以前と同じ、涼太を甘やかそうとして拒絶されたときの顔だ。

「うぅっ、それは……」

姉の揺れる瞳、微かに身じろぎするたびに揺れる肉房——嫌いなわけがない。

「ふふっ、涼くん……お姉ちゃんのおっぱい、ずっと見てるよね？」

言いながら、紗羽は肉房の質量を主張するかのように、腕で膨らみを内側にぎゅっと寄せる。

「う、えーと、えーと……っ」

ずっと見ているどころではなかった。弟にとって姉のおっぱいほど魅力的なものはないだろう。しかし、ここでおっぱいに甘えたらまた元の関係に戻ってしまう。

「ほーら、涼くん、お姉ちゃんのおっぱいですよ……？」

紗羽は涼太に差し出すように、柔房を手の平に乗せる。柔肉は手の上でこぼれそうに揺れていた。

「ちょっ……もう、紗羽ねぇ……だめだってば！」

たまらない光景だった。制服姿の姉が柔乳を無造作に手の平に乗せている。先ほどまで頭を預けていたストッキング越しの太ももも、今やひどく肉感的に見える。

「ほらほら……お姉ちゃんのおっぱいにおいで」

まるで犬猫でも誘うようにたぽたぽ乳房を揺らす紗羽。

「えーと、次の授業の準備しなきゃだからっ！」

涼太は半ば混乱、半ば劣情に前屈みになって生徒会室を逃げ出すのだった。


しかし放課後になっても姉の怪しい行動は続き——。

「では、来月の文化部の予算会議につきまして、会長の承認を——」

「涼くん、お菓子食べる？」

（後でいいからっ）

「じゃあ、お茶淹れようか？」

（あ・と・でっ）

涼太はまとわりついてくる姉を声を抑えて制止する。

何しろ今は生徒会の役員会議の真っ最中なのだ。それなのに、どういうわけか姉の横に座らされ、他の役員達に囲まれる中で宿題をすることになっている。中学校の頃はよくこうして姉のそばで宿題をしていたが、今はひたすらに気まずいだけだった。帰ろうとしても姉に捕まえられて逃げることもできない。

「会長――」

「帰りにお菓子買ってく？　お姉ちゃんのお小遣いで買ってあげるっ」

（紗羽ねぇ、ホントに後でいいからっ）

「会長っ！　ちゃんと聞いてるんですかっ！」

とうとう副会長の席についていた女子生徒が声を荒げる。細めの眼鏡をかけ、校則通りに制服を着た折り目正しい居住まいだ。こうして厳しくも姉を支えてきたのが、涼太にもわかった。

「ぁ、えと……ごめんね。続けてください」

「姉弟の仲がよろしいのは大変結構ですが、今は会議に集中してください。第一――」

女子生徒の目がちらりと涼太に向けられる。その目が言っていた――何故お前がここにいるのかと。

(俺だって知らないよっ)

ノートに視線を落とした涼太は気まずいまま、教科書のアンダーラインを書き写す。彼自身、何故姉に捕まえられているのかわからないのだ。

ようやく紗羽の注意を惹くことができた副会長が会議を再開するが――。

(んふふ……っ)

「……っ?」

太ももをさわさわとくすぐられるような感触に、涼太の身体が強張る。見下ろすと姉の手が太ももを撫で回していた。

(ちょっ……紗羽ねぇ、やめっ……ひっ……)

その密やかな手つきは触れるか触れないかの絶妙なタッチで、涼太の太もも、付け根のあたりを撫で回す。制服の上からでも思わず声を上げそうになってしまうくらいだ。

(ふふ……こういうのはどう?)

書類で顔を隠してくすくす笑いながら、姉の手は股間のあたりに近づいてくる。優しくも、大胆な手つきだった。

「紗羽ねぇっ、やめ――」

　思わず声を上げてしまった涼太は慌てて言葉を飲み込むが、室内の視線が集中する――特に先ほどの女子生徒の視線が厳しい。もうここにはいられなかった。慌てて勉強道具をかき集めた涼太はそれを引っ掴む。そして。

「失礼しますっ！」

「ぁ、涼く――」

　姉の制止を振り切って生徒会室を飛び出すのだった。


　夕刻、家に逃げ帰ってきた涼太は宿題を終えてのんびりと風呂に入っていた。姉も帰ってきていて、家でもしきりに構ってくるものだからひとりきりになれるのは風呂しかないのだ。家の風呂は広く、落ち着いてすごせることもありがたかった。

「はぁ……」

　姉に構われるのが嫌いなわけではなかった――それどころか嬉しいくらいだ――が、今日のスキンシップは過剰すぎる。一体何があったのかわからないまま構われると、涼太もどうしていいかわからなかった。

「一体どうしちゃったんだよ、紗羽ねぇ……」

　昔に戻ったというより、妙に必死な感じがする。そんなことを考えているときだった。

「涼くん、お姉ちゃんも入っていーい？」

浴室の外で姉の無邪気な声が聞こえたかと思うと、涼太の返事も待たずに浴室の戸が開けられた。

「えへへ、お邪魔します」

「ちょっ、紗羽ね――」

言いかけた涼太はタオル一枚だけを前にかけたその姿に言葉を飲み込む。

まとめ上げた髪はうなじを覗かせ、鎖骨から胸の膨らみ、腰のくびれから太ももに続く曲線は官能的と言っていいくらいだ。タオル一枚を前にかけただけでそれが妙に艶っぽく引き立てられている。

と、涼太が呆けている間に紗羽は後ろに膝を突き、石鹸を泡立て始めていた。

「え、だからちょっと、何やってるのさっ？」

「だって、お婿さんのお背中流さなゃと思って……いいでしょ？　ね？　ね？」

「………もう、背中流すだけだからね」

きっとまた何か考えているのだろうが、今さら追い出すわけにもいかない。涼太は渋々身を任せることにした。

やがて紗羽は石鹸を泡立てたスポンジで涼太の肩を擦り始めた。

「ふふっ、涼くんの身体、やっぱりしっかりしてきたね。もう立派な男の子だ……♪」

「当り前でしょ、何年経ったと思ってるのさ」

「だって、涼くん、急に一緒に入ってくれなくなったから……」

「あれは友達が……」

思えば、姉と一緒にお風呂に入るなんて何年ぶりだろう。昔はよく一緒に入っていたのだが、友人にそれをからかわれて以来、姉とのお風呂は卒業した。

そのときの姉の抵抗といったら両親にようやく説得されるくらい頑強だったのだ。思い出した涼太はつい笑ってしまう。

「……紗羽ねぇ、今日はどうしたの？」

昔のようなのんびりとした時間に、涼太は自然と切り出していた。

紗羽はしばらく何も言わないまま肩を洗っていたが、やがてぼそりと口を開く。

「最近の涼くん、しっかりしすぎなんだもん……」

「え、だって――」

意外な言葉だった。まさか『厳しく育てる』と言い出した姉がそんなことを口にするなんて。第一、しっかりすぎて悪いことがあるのだろうか。

「わかってるよ。お姉ちゃんのお婿さんになるために頑張ってくれて、すごく嬉しい。おばあ様だってきっと認めてくれると思うし」

「……でも？」

話の行き着く先がわからないまま涼太が先を促すと、姉の手はもどかしげにスポンジで彼の肩や腕を擦る。

「まだ涼くんのお世話したいんだもん……お姉ちゃんだって次の当主なんだし、涼くんにもしっかりしてもらわなきゃって、わかってるんだけど……我慢できないよ」

(しょうがないな、紗羽ねぇ……)

姉には珍しいいじけた言葉に涼太は思わず笑ってしまった。と同時に気恥ずかしさと愛おしさが込み上げてくる。今日一日、姉はそんなことばかり考えていて、自分を甘やかそうと必死だったのだろう。

それに、涼太自身も甘えたいという気持ちは残ったままだった。いくら夫婦になるからとか、しきたりがどうとか言われても、やっぱり以前の姉弟関係も大事なのだ。

「………今日だけだからね」

「うんっ、それじゃ、今日だけっ」

涼太の言葉に紗羽の声が明るくなったかと思うと。

「じゃあ、今日は特別にお姉ちゃんが涼くんのお世話をします……っ」

弾んだ声で弟の身体を洗い始めるのだった。

そして——。

「はーい、それじゃ左腕ねっ」

「次は右腕ですよー……」

「はい、それじゃ次はお湯をかけるね」

幼い頃と同じように涼太の身体を洗い始める紗羽。洗う順番、リズムも以前と全く変わらなかった。気がつけば涼太も幼い頃と同じように、腕を上げたり、目を閉じたり、姉に身を任せるようになっている。

しかし、腕、肩、背中と洗ってもらい、頭を洗ってもらい、お湯をかけられた後だった。残りは自分で洗うだけなのだが。

「それじゃ、次は——」

姉の嬉しそうな声が耳元で聞こえた次の瞬間、背中にむにゅっ、と柔らかく質量のあるものが押しつけられる感覚。

「えっ、これ……っ？」

「んふふ、頑張ってる涼くんにお姉ちゃんの特別サービスですよ♪」

「ちょ、ちょっと……もう終わったでしょっ？」

その感触から姉が何をしているかすぐにわかってしまった。大胆な行動に驚きながらも、涼太の意識はもう背中に集中している。

（紗羽ねぇのおっぱい……やっぱり、すごい……）

もっちりとした肉質はやはりすごい質量で、すべすべの素肌は湯気と汗で湿りさらにもちもち感を増したようだ。それが背中に押しつけられ、ふわふわとした柔らかな圧迫感に溜息が出てきてしまう。

「んふふ、涼くんはお姉ちゃんのおっぱい、好きだもんね♪」

「うぅ…………」

今や涼太はただうめくしかできない。恥ずかしいが姉のおっぱいに逆らえる弟なんているわけがないのだ。今日、学校にいるときだって何度誘惑に負けそうになったことか。

そして、下半身も正直に反応を始めていた。じわじわと熱を持つ肉棒はひく、ひく、と脈動に合わせて立ち上がり始める。

「ぁっ♪　おちんちん、もう元気になっちゃってるね……？」

肩越しに覗き込んでくる姉は乳房を擦りつけながらも、くすくすと笑い、熱い息を吹きかけてくる。そして。

「ねぇ……してほしいこと、あったら、お姉ちゃんに言って？　いつも頑張ってる涼くんにごほうびあげたいな？」

耳元で囁《ささや》く姉の声はいつものように優しく、どこかからかうようで、弟に甘えられたくて仕方ないような響きだ。

「……えーと、えーと……その、これは甘えたいわけじゃないけど――」

いつもなら姉にこんな恥ずかしいことは言えない。それでも涼太はそんな言い訳をしながら姉に切り出すのだった。

「もう、素直じゃないなぁ、涼くんは……最初から言えばいいのに……」

「う、うるさいな……俺はべつにしてもらわなくてもいいんだよっ？」

姉が甘やかしたそうだからさせてあげているのだ。そう自身を誤魔化しながらもやはり恥ずかしさは消えなかった――おっぱいで気持ちよくしてほしいだなんて。

「はいはい、わかりました♪　じゃあ、まずはお姉ちゃんのおっぱいをこうやって……」

それでも紗羽は上機嫌で、鼻歌を口ずさみながらボディソープを自身の肉房に塗りつけていく。姉の手の中で柔房がむにゅむにゅと形を変え、ぬらぬらとした泡にまみれていった。そして――。

「んふふ、では……涼くんのおちんちんを、お姉ちゃんのおっぱいに……っ」

涼太の足元に屈み込んだ紗羽は泡まみれの肉風船をたぽんっ、と手の平に乗せる。そして弟勃起を抱き締めるようにそっと挟み込んだ。剛直が根本まで姉の柔肉に埋もれる。

「う……わっ、紗羽ねぇのおっぱいに……俺のっ」

「ぁはっ、涼くんのおちんちん、熱くて……びくびくしてるっ……お姉ちゃんのおっぱい、やけどしちゃうかも♪」

「う、うん、紗羽ねぇのおっぱい、すごい……からっ」

からかうような姉の言葉にも、涼太は息を喘がせて答えるので精いっぱいだ。

何しろ姉の乳房ときたらもちもちのふわふわで、石鹸にまみれた素肌が肉棒の細かな隆起にまで密着してくる。全身を抱き締められ、包み込まれているような錯覚さえ覚えた。

「ふふっ、おっぱいで挟んであげただけでこんなに素直になっちゃって……」

そんな涼太の顔を窺っていた紗羽は、機嫌よさそうに目を細めたかと思うと。

「さ、早速お姉ちゃんのおっぱいで、涼くんのおちんちんを……こうしちゃうぞっ……」

手の平で乳房をぎゅっと内側に寄せ、肉棒を圧迫する。もちもちの柔肉が剛直を優しく締めつけ、きめ細かい素肌がぬらぬらと肉竿に擦りつけられた。

「うぁ……ぁっ、ぁぁ……はぁ、はぁっ……」

下半身が温かな肉の海にたゆたうような心地よさに、涼太は熱い溜息をつく。膣や口内の粘膜とは違う、独特の抱擁感、滑らかなぬめりは癖になってしまいそうだ。

それに、涼太にとっては憧れの姉のおっぱいなのだ。その質量にも関わらずだらしなく垂れることのないハリ、白くきめ細かい素肌。見惚れるくらい綺麗な乳房で挟み込んでくれる喜びだけで胸が高鳴り、肉竿が脈動する。

「ゃんっ、涼くんのおちんちん、まだ元気になってるかも……そんなにお姉ちゃんのおっぱいが好きなんだ？」

「う、うん……っ、紗羽ねぇのおっぱい、あったかくてやわらかくて……それに、大きいしっ……ずっとしてほしかったからっ」

姉乳に挟まれる心地よさに、涼太は素直に口にしてしまう。

が、紗羽は乳マッサージを続けながらも不機嫌そうな顔で見上げてくる。その視線もどこか探るようだった。

「む……おっきいなら誰のおっぱいでもいいの？」

「ち、違うよっ……紗羽ねぇのおっぱいだからっ、おっぱいが好きなのは紗羽ねぇのせいだしっ、昔から紗羽ねぇのおっぱいが一番好きだからっ……」

自身の言葉に顔が赤くなるのがわかったが、それが本音だった。優しくて美人な姉のおっぱいは、女性の身体に興味を覚えるきっかけでもあった。涼太にとってすべての始まりは姉なのだ。

「ふふっ、もぅ、しょうがないなぁ、涼くんは……お姉ちゃんのおっぱい、そんなエッチな目で見てたんだ？」

言いながらも紗羽は鷹揚な笑みを浮かべる。そして。

「よーし、それじゃ、素直な涼くんには大好きなお姉ちゃんのおっぱいでもっとサービスしちゃうぞ……っ♪　ほらっ」

さらに強く乳房を内側に寄せて肉圧を高め、むにゅむにゅとこねるようなマッサージを始めた。柔らかな肉の海がさらに激しく、肉棒を翻弄する。

「うっ、くぅ……紗羽ねぇのおっぱい、やっぱり、すご……っ」

さらに増した性感に涼太の意識は下半身とともにとろけ始め、ただ姉乳のなすがままになっていた。

☆

(やだ、涼くんってば、お姉ちゃんのおっぱいで気持ちよくなってる……♪)

熱に浮かされたような弟の表情を見上げ、紗羽の胸はじりじりと熱く焦がされる。

まさか涼くんがお姉ちゃんのせいでこんなにおっぱいが好きになってしまうなんて、我ながらなんて罪なおっぱいなのだろう。

「ふぁっ、やっ……涼くんのおちんちん、んっ、すごい……元気……っ」

同時に、乳肉の中で存在を主張する剛直が紗羽の牝欲を刺激する。先ほど洗ったにも関わらず微かに香る牡臭さ、硬さ、心臓のような脈動。弟のやんちゃな部分を包み込んでいるというだけで下腹部が疼くのを感じた。

「うっ……くぅ、紗羽ねぇのおっぱいあったかくて、柔らかくて……ふぅっ、ふぅっ」

涼太の意識はもう姉の乳房に集中しているのか、その視線はうろんげで熱い息を吐き出していいるだけだ。

「んっ、ふふっ……涼くんはお姉ちゃんのおっぱいに夢中だね……♪」

やっぱり弟にはお姉ちゃんのおっぱいが必要なのだ。熱く滾る牡棒と自身の素肌がぬらぬらと擦れ合うだけで、生殖器同士の摩擦にも似た高揚感を覚える。秘部からもとろりと愛液が染み出すのを感じた。

大好きな弟にもっとおっぱいを味わわせたい、気持ちよくしてあげたい。そんなご奉仕欲求が募るが。

（まだまだっ、涼くんにはお姉ちゃんのおっぱいのよさをわかってもらわないと……っ）

すぐにイカせてはもったいない。もっとじっくりとお姉ちゃんのおっぱいを味わわせて虜にしてしまわなければ。おっぱいさえあればいつでも涼くんを甘やかせるように、おちんちんにおっぱいの味を刷り込んでおくのだ。

「ぁはっ、それじゃこういうのは……よいしょっ、どうかな……っ？　ほら、おっぱいで……こうしちゃうぞ……っ」

紗羽は自身の肉房を内側に寄せながら互い違いに振り動かし、泡まみれの柔肌で剛直をこね合わせる。乳袋の間で勃起がぬろぬろと振り回された。

「うぁっ？　ぁぁっ、紗羽ねっ……それっ、ぬるぬるが……っ」

（やんっ、涼くん、可愛い……っ）

慌てた声を上げる弟にご奉仕欲求が高まるが、それでも一気に高めないよう乳圧は抑え、肉棒に柔肌を擦りつけてじわじわとなじませていく。

しばらくそれを続けていると――。

「うっ……くぅっ、ぁ……」

涼太はもどかしげな息を吐き出し始める。同時に腰をかくつかせ、紗羽の乳内に肉棒を突き込むようになっていた。

(涼くんってば、お姉ちゃんのおっぱいでもっと気持ちよくなりたいんだっ♪)

紗羽の胸と下腹部が切なく締めつけられ、またとろりと愛液がこぼれ出す。が、ここで弟を射精に導くわけにはいかない。おっぱいのありがたさを覚えてもらわなければ。

「んふふっ、涼くん、お姉ちゃんのおっぱいで、もっと気持ちよくなりたいんだ？」

「………」

紗羽の問いかけに涼太はこくこく頷く。その表情はもう焦れて苦しげでさえあった。

「……じゃあ、言ってほしいな？　お姉ちゃんのおっぱいにたくさん甘やかしてほしいって、たくさんぴゅっぴゅしたいって……言って♪」

「や、やだよ、そんなの……っ」

さすがにそんなことを口にするのは恥ずかしいのだろう。涼太は口をもごつかせていたが、肉竿はさらに刺激を求めるようにひくついている。そしてとうとう――。

「……してほしいっ、紗羽ねぇのおっぱいに甘えて、たくさん出したいっ！」

「～～～～～～はぅっ」

弟のどこか甘えるような声音に、紗羽はぶるっ、と震え軽く失禁さえした。

「……いいよっ、お姉ちゃんのおっぱいにたくさん甘えてねっ」

弟がお姉ちゃんのおっぱいを求めている。おちんちんで甘えたがっている。姉の本能を強烈に刺激された紗羽は、乳房で弟勃起をぎゅっと抱き締め、激しく振り動かし始めた。

★

「わっ……紗羽ねぇ……おっぱい、すごいっ」

先ほどのじっくりとこね回すような乳奉仕から一転。だぽだぽと肉房を振り動かし、上下に擦り立てるような刺激に、涼太は腰をかくつかせる。

ふわふわの乳圧、泡まみれの柔肌に密着され擦り上げられる心地よさ、肉棒が姉乳の感触を刷り込まれていくのがわかった。

「んっ……しょ、よいしょっ……たくさん、お姉ちゃんのおっぱいで、んっ、ふぅっ、気持ちよくなってね……」

（うぅっ、紗羽ねぇが……紗羽ねぇのおっぱい、俺のものなんだっ）

大好きな姉が自分のためだけにおっぱいを使ってくれている。そんな独占欲を刺激され、涼太の下半身の奥からずる、ずる、と欲望の奔流が這い上がってきた。

「ふぅっ、ふぅっ……涼くんのおちんちん、びくびくしてきた……もう出したいんだねっ、いいよ、たくさん出して……っ」

姉の乳奉仕はさらに激しくなり、肉風船でぎゅうぎゅうと剛直を挟みつけ、ずりゅっ、だぽんっ、ずりゅっ、だぽんっ、と肉棒を揉み上げた。赤く膨張した肉傘が姉の白い乳房の間からにゅるにゅると出入りする様が妙に官能的だ。

「ほら、お姉ちゃんのおっぱいに出してっ……お姉ちゃんのおっぱいは、涼くんだけのものだよっ……たくさん出していいんだよっ」

(うっ、うぅっ、出したい……出したいけどっ、もうちょっとだけっ)

その言葉、甘やかすような乳奉仕に追い詰められ、下半身はとろけんばかりになっている。しかし、このまま出してはもったいない。もっと姉のおっぱいを楽しみたい。必死で射精をこらえていると。

「我慢しないれ、ちゅっ……出ひてっ、お姉ひゃんのおっぱいにっ、ほりゃっ、ちゅっ」

そんな弟の抵抗さえも舐め溶かすように、紗羽ははみ出しては飲み込まれる肉棒の先端にちゅっ、と口をつける。

「ひっ？　紗羽ねぇ……それ、反則っ」

鈴口に与えられるむずむずとした刺激に、涼太は思わず声を上げる。

「ちゅっ、涼くんのお汁、たくさんほしいなっ……お姉ひゃんのおっぱい、妊娠しひゃうくらい、たくさん、出ひてほしいなっ？」

「うぅっ、も、もぅ……っ、出るっ！」

姉の言葉にぞわっ、とした性感が込み上げ、同時に欲望の奔流が一気に出口に向かって殺到する。次の瞬間、姉乳の中で肉竿が膨れ、どぱっ、と白濁が吐き出された。

「きゃんっ？　ぁっ、熱っ……涼くんのお汁、お姉ちゃんのおっぱいに出てる……っ」

「うぅっ、くぅっ……紗羽ねぇのおっぱいに、おっぱいに……ぅぅっ」

姉乳で射精するとろけるような快楽に、涼太は腰を震わせる。たっぷりと高められ、甘やかされた上での吐精はそのまま姉の乳内に溶け込んでしまいそうな快感だ。

「んっ、ふふっ、いいよ……お姉ちゃんのおっぱい、たくさん汚して……っ」

言いながら、紗羽は肉房で弟勃起をゆるゆるとこねる。その刺激で、言葉で、ひたすらに肉棒を甘やかしてくれ、吐精を促してくれた。

「うぁっ、ぁぁっ、紗羽ねぇ、そんなことしたら、また……っ」

涼太の肉竿は何度も跳ね、びゅるっ、びゅるっ、と牡液を吐き出していく。

「ほらっ、お姉ちゃんのおっぱいに全部出しちゃおうね……っ、ほらっ」

（うぅ、俺、やっぱり……）

姉のおっぱいには敵わない。このとろかすような心地よさ、独占できる喜び、肉棒が姉乳に甘える感覚を覚え込んでしまったのがわかる。そんな感覚の中、涼太は腰を震わせて姉乳を汚し続けた。

そして――。

「とにかく、これは違うんだからねっ」

「はいはい、おっぱいに甘えるのは今日だけだよね……♪」

「もぅっ！　紗羽ねぇが言うからしてもらっただけだよっ？」

姉と湯船に浸かった涼太は何度も念を押すが、隣にいる紗羽はくすくす笑いながらちゃぷちゃぷとお湯を揺らす。

ふたりで一緒に入ってきた頃と同じ、のんびりとした時間だった。互いの身体は大きくなっても元々大きな風呂のため、窮屈になることもない。

「もう紗羽ねぇとはこういうことしないっ、あんまりくっつかないでよっ」

涼太は不貞腐れてそっぽを向く。姉に怒っているわけではなかった。もう一人前の男になったはずなのに、結局姉のおっぱいにいいようにされ、ただただ気恥ずかしかった。

「んふふ……っ」

一方、紗羽は久しぶりの弟とのお風呂がよほどが嬉しいのか、涼太の上にまたがり身体を擦りつけてくる。姉の柔肌は暖かく、お湯との境目がつかなくなるほどだった。

「ちょっ……紗羽ねぇっ、くっつかないでって言ってるでしょ！」

「いいじゃない、久しぶりなんだから。一緒に入ってくれなくなって、お姉ちゃん寂しかったんだからね」

涼太の制止にも構わず、紗羽はぐいぐい身体を押しつけてくる。柔房が涼太の胸板の間でむにゅっと押しつぶされ、秘裂はくぱくぱとペニスを挟み込む。

「こ、こらっ、本当にだめだって！」

腰の奥に再び劣情の火が灯るのを感じ涼太は慌てるが、下半身はあっという間に反応を始めた。お湯の中で脈動とともに起き上がっていく肉棒が姉の肉割れを押し上げる。

「ん……あれ？　涼くん、もう元気になっちゃったね？　これは何かな？」

くすくす笑いながら、紗羽は腰を揺らし肉裂で涼太の勃起を擦り上げる。柔らかな割れ口がぬらぬらと肉棒を頬張るように往復し、気がつけば完全に勃起してしまっていた。

「あれ？　もうお姉ちゃんと『こういうこと』しないんじゃないのかな？」

「うぅっ、これは……っ」

姉のいたずらっぽい目に間近で見つめられ、涼太は思わず目を逸らす。

そんな弟をからかうように、紗羽はぐりぐりと秘裂を押しつけ肉棒を刺激した。

「ほーら……お姉ちゃんのここで涼くんのおちんちん、食べちゃうぞ？」

「う……わ、紗羽ねぇ……そういうの、もうやめてって言ったでしょっ」

「ホントにやめちゃっていいのかな？　お姉ちゃんのここ、もう準備できてるし……お風呂で子作りしたら気持ちいいと思うな？」

言いながら紗羽はさらに強く秘部を押しつけてくる。涼太の先端が肉裂の中に入り込み、ねっとりとした粘膜と擦れ合った。

「うぅ……だめだってば……っ」

こんなふうに姉の誘いに乗ったらまた甘やかされてしまう。しかし、肉棒はもう姉との子作りを求めてみちみちと張り詰めていた。それに、お風呂で姉と子作りなんて考えただけで——。

「…………俺はべつにしたいわけじゃないからねっ、紗羽ねぇがしたいって言うからっ」

「はいはい、わかりました♪」

涼太の精いっぱいの抵抗に紗羽はくすりと笑うのだった。

そして——。

「んふふっ……それじゃ、今日はお姉ちゃんに任せてねっ、たくさんサービスするから」

自らの手でそっと秘裂を開いた紗羽は、既に硬く怒張している弟を掴み自身の中に導き入れる。張り詰めた亀頭がぬろっ、と膣穴に入り込んだ。

「んっ……ぁ、入って……きたぁ……涼くんのおちんちん、お姉ちゃんの中……にっ」

「うぁ、紗羽ねぇの中、もう、とろとろ………っ」

温かく、柔らかな肉の隘路に埋もれていく感覚を、涼太はじっくりと味わう。ほぐれた膣肉に包まれ、かき分けていく感触は乳肉とは別物の没入感だ。湯船に浸かっていることもあり、膣外との境目がわからなくなりそうな一体感さえ覚えた。

「んっ、んぅ……ゆっくり、入れるね……ぁ、はっ……んっ」

紗羽も熱い息を吐きながらゆっくりと腰を沈め、弟を受け入れていく。

やがて紗羽は涼太をすべて膣洞に飲み込み、座り込む。

「……ほら、涼くんのおちんちん……全部、お姉ちゃんの中に入ったよ……ん、すごい……まだまだ元気だね……」

「うん、紗羽ねぇの中……やっぱり気持ちいいから」

悔しいが、ずっぽりと埋まった姉穴の心地よさには抗えない。お湯の体温に負けないほど熱く潤み、ゆったりとうねる膣襞に剛直を撫で回されていると、このまま姉と下半身が溶け合っていきそうだ。

☆

「ふふっ、お姉ちゃんも……涼くんが入ってくると……嬉しくなっちゃぅ……♪」

弟勃起を根本まで飲み込んだ紗羽は、その存在感に熱い息を吐き出す。

みちみちと内側から押し広げるような膨張、ぴっちりと密着する粘膜から伝わってくる脈動、乳奉仕では味わえない充足感だった。

その感覚だけで紗羽の身体は熱を持ち昂っていくが、弟を貪りたくなる衝動をぐっとこらえる。今日はじっくりと弟を甘やかすのだ。

「それじゃ、お姉ちゃんに任せてね……いつも頑張ってる涼くんには……こうしちゃうっ」

そして紗羽は弟の肩に手を置いて動き始める。が、いつものような律動は始めなかった。剛直を根本まで飲み込んだまま、ゆっくりと円を描くように腰をくねらせ、膣洞全体でこね回していく。

「ちょっ……うぁっ、ぁっ、紗羽ねっ——？　それ、エッチすぎっ」

普段の姉からは考えられない行動に驚いたのだろう、涼太は思わず声を上げるが下半身の反応は正直だった。膣内で振り回される肉竿はさらに接触を求めるように、びきっ、びきっ、と膨張する。

「んふふっ、どう？　お姉ちゃんだって……んっ、これくらいはできるんだぞ……っ」

紗羽自身、こんなにはしたないことをするとは思ってもいなかった。それでも、弟を甘やかすためならこれくらいは何でもない。それに、弟と擦れ合う独特の感触もたまらない。

肉傘がぷりぷりと襞を弾く抽送とは違う、膣洞と牡竿全体がねっとりと擦れ合う生々しさに、とろとろと愛液がこぼれるのを感じる。

「はぁ……はぁ、紗羽ねぇの中、すご……っ」

「ぁ……んっ、お姉ちゃんのこれで、こうするの……気に入っちゃった……？」

「ん……」

弟が頷く仕草も妙に子供っぽい。どこか真剣な表情、息遣いは、姉の肉壺と擦れ合う未知の感触に夢中になっているようだ。

(はぅっ、涼くん……可愛いっ、やっぱり可愛い……っ)

もうお姉ちゃんのアソコと擦れることしか考えられなくなっている。独占欲を刺激された紗羽はさらに大胆になっていった。

「それじゃ……こんなこともしちゃおうかな？　ほらっ、こうやって……んんっ、おちんちんを……こうしながら……っ」

腰をくねらせながら紗羽はそっと腰を持ち上げる。愛液まみれの肉壺で弟棒をこね回しつつ、ずろ、ずろ、と引き出していった。

「ぁあっ？　紗羽……ねぇっ、それっ、くぅ……引っ張られて……？」

「んっ、ふっ、ふぅ、次はぁ……こうやって、おちんちんを……食べちゃうぞっ」

カリ首が膣口に引っかかるあたりまで引き出すと、今度はゆっくりと腰をくねらせながら、ずる、ずる、と螺旋を描くように飲み込んでいく。

そして根本まで弟勃起を埋めると、また腰をくねらせながら引きずり出し、ずるずると飲み込んでいく。

「はぁっ、はぁ……うぅ、引っ張られて……ねじられて……っ」

涼太はもう姉の膣奉仕を受け入れるだけになっている。腰に回されるたくましい腕は子供っぽくしがみついてきていた。

「やんっ、もう……涼くんってば……お姉ちゃんのサービスでもっと気持ちよくなってね……ほらっ、ほらっ♪」

そんな弟の仕草にも紗羽の母性が刺激され、膣奥はきゅんきゅんと締めつけられる。どんなに成長しても、やっぱり可愛い弟なのだ。そんな実感を楽しみつつ、紗羽はゆっくりと腰をくねらせ、揺らし続けた。

★

（うぅっ、何だこれ……紗羽ねぇ、こんなエロかったんだ……っ）

まさか姉がこんなに大胆なことをするとは思いもしなかった。が、涼太はその交わりにもう夢中になっていた。単純な抽送とは違い、牡竿が肉のゼリーの中でねじられ、こねられ、撫で上げられる。様々な刺激が押し寄せ、下半身をとろかせていった。

「んっ、ふぁっ……ぁぁっ、涼くんのおちんちんは、お姉ちゃんがお世話するからね……」

鼻先が触れ合うほど近くにある姉の表情は母性さえ感じさせる。その一方、ぱしゃぱしゃと水面を揺らしながらくねらせる腰の動きは妙に生々しい。弟勃起を甘やかすためだけに、膣でお世話をしてくれていると思うだけで下半身はじわじわと熱を上げていく。

「えへへ……」

と、姉の瞳がいたずらっぽく涼太を見つめ返してくる。

「お姉ちゃんの中、気持ちいいでしょ？　おちんちん、こんなに甘えてくるもんね」

「ち、違うし……っ」

気恥ずかしさに涼太は思わず視線を落とす。意地を張っていても、剛直はもう姉膣に甘やかされる心地よさを覚えて始めていた。と、落とした視線の先には姉乳が水面にたぽたぽ揺れている。

「………」

涼太は思わずじっと見つめていた。腰の動きにに合わせゆら、たぽ、と水面をたゆたう姿は、質量と柔らかさがさらに強調されているようだ。少しくらい――。

そんな涼太の考えを見透かしたかのように、紗羽はくすくす笑う。

「ん？　やっぱりお姉ちゃんのおっぱい、気になるんだ……？」

「だから、違……っ」

「いいよ？　涼くんのおっぱいなんだから好きなだけ甘えても……お姉ちゃんのアソコとおっぱい、両方甘えていいんだよ？」

「あー、もぅっ！　違うって言ってるでしょっ」

姉の言葉に涼太の顔が熱くなる。図星だった。姉膣にとろかせられながらおっぱいを味わうなんて、きっと最高だろう。それでも、涼太の中に残る弟としての意地がそれを邪魔していた。それでは本当に昔の甘ったれの自分に戻ってしまう気がする。そんな葛藤に揺れ動いていたとき――。

がらっ、と脱衣所の戸が開けられる気配。

「「…………っ？」」

姉弟はつながったまま硬直する。そして気配は戸の向こう側までやってきたと思うと。

「紗羽ー？　あんた今日のお夕飯の支度、手伝ってくれるんでしょ？」

やってきたのは母だった。いつまでも手伝いに来ないので探しに来たのだろう。そして脱衣所で姉の服を見つけたに違いない。

「えと、お風呂入ってから行こうと思って、そろそろ上がるから……っ」

恐る恐る答える紗羽。

その言葉に母が戸の向こうで溜息をつくのがわかった。そして探るような声音に変わる。

「それならいいけど…………涼太もいるんでしょ？」

「うんっ、えと、久しぶりに背中流してあげてるのっ、ねっ？　涼くんっ」

「ぁ…………うん」

涼太も慌てて——声が震えるのを隠して——答える。

「あんた達ねぇ……ふたりが決めたことだから細かいことは言わないけど——」

母が戸の向こうでお説教を始めたときだった。

「…………んふふ」

姉がそっと腰を揺すり始めた。膣内に肉棒を深く咥え込んだまま、ぱちゃ、ぱちゃ、と水音を立てるように。

(ちょっ……？　紗羽ねぇ、何やって——)

(ふふっ、この前のお返し……っ、どきどきするでしょ……？)

涼太の首に腕を回した紗羽はくすくすと笑う。

きっと数日前の生徒会室でのことを言っているのだろう。確かにあのときはやりすぎたし、姉にお説教もされた。しかし、まさかこんなふうに仕返しをされるなんて。

「確かにおばあ様のことも心配だけどね、涼太もそろそろしっかりしてくれないと——」

その間も母のお説教は続いている。

もしうっかり何かの拍子に戸を開けたら——そう思うだけで涼太は縮み上がりそうにな

る。いくらしきたりで姉弟子作りが許されているといっても、母親にこんなところを見られたくはない。それなのに。

（えへへ、このましちゃう？　お母さんと話しながら……種付けしちゃう？）

まるで幼い頃、涼太にいたずらを持ちかけてきたときのように、紗羽はくすくす笑いながら腰を揺する。膣洞は相変わらずゆるゆるぬらぬらと甘やかすように弟勃起を撫で上げた。

（うぅ……紗羽ねぇ、ほんとに、もぅ……っ）

母に戸一枚を隔ててお説教されながら、姉弟子作りをしている。どうにかなってしまいそうな状況に、涼太が進退窮まっていたとき。

「……まったく、紗羽も涼太を甘やかすのはほどほどにしなさいよ」

それだけ言って、ようやく母が脱衣所を出ていく。

気配が遠のいてしばらくすると――。

「ふふっ、どきどきしちゃったね？」

悪びれもせずに紗羽はくすくす笑う。昔と同じいたずらが成功したときの姉そのままだ。

「～～～～～～～～～～っ」

緊張から解放された安堵と同時に、姉に対するもどかしさが込み上げてくる。怒りたいのにやっぱり怒れず、それでもホッとして甘えたくなるような、どうしようもない感覚に胸が詰まる。その感情の向かう先は、目の前の姉しかいなかった。

「うぅぅっ、紗羽ねぇのばか……っ！」

そして涼太は目の前の肉房に吸いつき、かくかくと腰を揺すり始めた。

☆

「んぁっ、あっ、ぁはっ、涼くっ……お姉ちゃんに甘えないんじゃ……なかったのっ？」

「もぅ、うるさいっ……紗羽ねぇのばかっ、ばかっ、これは……違うんだからなっ」

紗羽がからかっても構わず、涼太は腰を揺らす。

弟の抽送は一定のリズムとはほど遠いし、男らしい律動とも違う。めちゃくちゃに姉膣の中を出入りし、最奥部をぐちゅぐちゅとかき回す。たくましい牡勃起が肉壺の中でだだをこねるような動きが、紗羽の母性を強烈に刺激した。

「ちゅっ……ふぐっ、ふうっ、っちゅぅっ……はぐっ」

さらに涼太は苛立たしげに腰を揺すりながら、紗羽の乳突起を吸い、歯を立てる。

「きゃぅっ……？　ぁっ、やんっ、涼くんの甘えんぼっ♪　やっぱりお姉ちゃんのおっぱいに甘えたかったんだねっ、んくっ……きゃぅっ」

敏感な先端を少し痛いくらいに甘噛みされ、ぴりぴりとした刺激が込み上げてくる。痛いけれども心地よい、今まで与えられたことのない性感に、紗羽は弟の頭をぐりぐりと撫

で回す。弟に甘えられて嬉しくないお姉ちゃんがいるわけがない。

「これは違うってば……紗羽ねぇのばかっ」

（あぅぅ……やっぱりこういう涼くんもいいよぉ……っ）

乳首を甘噛みされ、膣穴をかき回され、子宮を強引にノックされる。牝の部分でなく、母性を引きずり出されるような交わりに紗羽は急速に昇り詰めていく。

「んっ、ぁんっ、涼くん、そんなにおっぱい吸って……お姉ちゃんのおっぱい好き？　アソコ、気持ちいいっ？」

めちゃくちゃに甘えてくる弟勃起に応えて肉壺はさらにうねってしゃぶり上げる。と同時に子宮口が下りてくるのがわかった。こつこつと突き上げてくる先端を、最奥部にある入り口が柔らかく受け止める。

「あーもっ！　うるさいってば……はぐっ、んむっ、紗羽ねぇのばかっ……ばか」

涼太は一心に姉乳を吸い、膣穴を小突き上げる。肉竿は欲望を吐き出す力を溜め込むようにみちみちと張り詰めていた。

「んっ、ふふっ、しょうがないなぁ、涼くんは……こんなに甘えられながら種付けされたら……甘えん坊が生まれちゃうかもっ」

弟の頭を撫で、かき回しながら紗羽も腰を揺する。今この瞬間、弟にめちゃくちゃに甘えられている。強烈な母性と多幸感が身体中に張り詰めていく。

思わず涼太の頭をぎゅっと抱き締め、同時に肉壺がぎちっと収縮したとき――。

「ぅぅぅぅっ、もっ………出るっ！」

弟の腰がぶるるっ、と震えた次の瞬間、最奥部を叩く肉棒が震え、牡液が迸《ほとばし》った。

「はぅっ……ぅぅうううっ！　お姉ちゃんも、イっちゃ……はひっ、はひっ……ぁっ、あぁぁっ、涼くんの、お汁……入って？　ひっ、ひぅぅぅっ」

身体中に張り詰めていた母性を爆発させ、紗羽は弟にしがみつく。弟を甘やかし、甘えられ、受け入れる快楽に思考が真っ白に染まり、他のことを何も考えられなくなる。あるのはただ、弟に対する愛おしさだけだ。

「いいんだよ、涼くんっ……お姉ちゃんの中に、びゅーびゅーしてっ、甘えんぼ子作りして……♪　ぜーんぶ受け止めてあげるからねっ」

「うぅっ、ばかっ、紗羽ねぇのばか、うぅぅっ……」

苛立たしげに、だだをこねるように射精を続ける涼太。肉竿は姉膣に甘えるように微かに律動し、先端を子宮口にくちゅくちゅとこねつけてきた。

「はぅっ……んぅぅっ、あぁぁ……そんなに甘えられたら……お姉ちゃん、幸せすぎてっ……もっ、おかしくなっちゃ……」

弟の熱液が子宮口に浴びせられるたびに、紗羽の身体を多幸感が満たしていく。やっぱり涼くんはお姉ちゃんだけの宝物なのだ。初めての母性イキに、紗羽は弟を抱き締め身体を震わせ続けるのだった。

★

「ごめんってば、涼くーん……お姉ちゃんが悪かったから、ね？　ね？」

「もぅいいからっ、べつに怒ってないしっ」

服を着た脱衣所で姉に頭を拭かれながら、涼太はふてくされていた。

あれからまた姉に身体を洗われようやく風呂を上がったのだが、先ほどの行為を思い出すと顔が赤くなるのを感じる。

怒っているわけではなかった。姉を突っぱねられず甘えてしまったことがただ恥ずかしかった。婿になって一緒にいることと、姉離れできないことは大きく違う。こうして頭を拭かれていることだって、昔一緒に風呂に入っていたときと同じだ。

「……本当に怒ってない？」

「……うん」

「仲直りする？」

「…………」

その言葉に涼太は顔を上げる。怒っていないのなら仲直りの必要さえないが、それでも姉なりに機嫌を取ってくれようとしているのだろう。

姉はそっと涼太に額を合わせ、じっと見つめ返してくる。

「ごめんね。お婿さんになるために頑張ってくれてるのに。お姉ちゃんがいつまでも昔みたいにしてちゃだめだよね」

「……………うん」

姉の言葉に涼太は素直に頷く。いつまでも意地を張っていたくはないし、涼太だってやっぱり姉とは姉弟のままでもいたい。それが本心だった。

「「…………」」

くすくす笑い出したくなるような心地よさが胸を満たす。どんなに喧嘩をしても、夫婦になっても、自分達はまた姉弟に戻れる。そう思える瞬間だった。

☆

深夜、日記を書き終えた紗羽は思わず大きく息を吐き出す。

今日は思ったよりもたくさん書いてしまった——それだけたくさん書くことがあったのだ。弟と久しぶりに一緒にお風呂に入ったこと、甘えさせたこと、弟が拗ねてしまったこと。最近は少し難しい年頃かと思っていたが、懐かしい時間が戻ってきたのだ。

「はぅぅ……涼くん、やっぱり可愛いよぉ……っ」

思わず日記帳を抱き締める紗羽。

必死で甘えてくる弟との行為を思い出すだけで、紗羽の胸が絞めつけられる。たくましく成長した弟に甘えられるのはまた新たな楽しさがあることを発見してしまった。

しかも、弟にプレッシャーをかけないよう言っていなかったが、そろそろ一回目の排卵日なのだ。もしかしたら本当に甘えん坊子作りで弟の子を——。

「……きゃっ」

母性を直撃されるような快楽を思い出し、紗羽は思わず下腹部を押さえるが。

「…………」

弟はこれから自分の婿となる存在なのだ。そのためにしっかりしようとしているのに、自分から甘やかしてはならなかった。そういう点では、弟のほうがよっぽど夫婦となるための心構えができている。

「お姉ちゃんもしっかりしなきゃね……」

当主として、涼くんをお婿さんとして扱わなければ。もし妊娠していたとしたら父親になるのだからなおさらだ。そんな想いを強くした紗羽は、また日記を読み返し今日の出来事をじっくり味わう。そしてようやく床に就くのだった。

五章 弟くんの子種はお姉ちゃんだけのものですっ

日差しからは夏の気配も消え、そよそよと吹く風は既に秋の気配だ。そんな風を感じながら涼太はのんびりと帰り道を歩いていた。日もだいぶ短くなり、道路に落ちる夕焼けが長い影を作っている。

「紗羽ねぇ、今日はどうしたのかな……」

最近は再び姉と一緒に帰ることが増えていたのだが、今日だけはどうやら大事な来客があるらしく先に帰ってしまった。

もちろん寂しくないと言えば嘘になる。けれども、姉には当主としての仕事が既に山積みになっている――まだ涼太の子を孕んでいなくても。だからこそ涼太もそれくらいは婿として飲み込むようにしていた。この先、こういうことがきっとたくさんあるのだ。

そんなことを考えながら歩いているうちに家に着いた涼太は、きちんと靴を揃えて家に上がるが。

（あれ……紗羽ねぇのお客さんかな……）

見慣れない靴――それも女性もの――があるのを見つける。本家にはいつもいろいろな訪問者があるが、きっと姉が言っていた来客だろう。

とはいえ涼太には関係のないことだ。邪魔をしないよう、そっと応接間の前を通りかかったときだった。

「……それじゃ、紗羽ちゃんも頑張ってね。私も応援してるから――」

襖が開き誰かがけらけら笑いながら出てくる。聞き覚えのある笑い声だった。応接間から出てきたのは妙齢の女性。母方の祖母の姉妹の末っ子――要するにあのおばあ様の姉妹であり、大叔母だ。

そしてその後から和服姿の姉が出てきたが、いつもの柔らかな雰囲気はかけらもなかった『しきたりモード』の姉だ。

「……あら、涼太くんじゃないのっ。お帰りなさい！　学校行ってたの？」

涼太に気づいた大叔母はとことこやってくる。

「ぁ、えと……お久しぶりです。おば様」

「聞いたわよー！　紗羽ちゃんのお婿さんになるんだって？　しばらく見ないうちに大きくなったんじゃない？　前に会ったときはまだこんな子供だったのに……」

大叔母はまるで犬猫のように涼太の頭や肩に遠慮なく触れる。といっても親族のスキンシップというより、涼太がつがいに相応しいかどうか確かめるような無遠慮な扱いだ。

叔母に悪意はまったくないのは涼太もわかっているのだが、どうしてもこのあけすけさには慣れなかった。食えない女性なのだ。

「やだ、もぅ、おば様ってば……涼くんももう高校生なんですよ」

そんな叔母に、紗羽は口に手を当てて涼やかに笑う。が、その目は据わっていた。この状態の姉は親族にさえ隙を見せない。

「それもそうね。男の子の成長はわからないものだわ……まったく」

紗羽の言葉に叔母はまた屈託なく笑いながら玄関に向かう。そして靴をつっかけると。

「……紗羽ちゃん、一回目の排卵日もう来てるんじゃない？　孕《デキ》めそう？」

（え、排卵日って……）

「ご心配なく、きちんと計画的にしていますので」

何気なく切り出したような叔母の目はまったく笑っていないし、平然と返す姉の声も冷え切っている。一瞬の沈黙の後――。

「……それならいいんだけどねっ。それじゃ、ふたりとも頑張りなさいよ。本家の未来はあなた達にかかってるんだから」

そして叔母は姉弟を焚きつけるつもりなのか、プレッシャーをかけるつもりなのか、けらけら笑いながら家を出て行った。

「「………」」

玄関に正座して叔母を見送った姉は、その姿が見えなくなると軽く息をつく。もういつもの姉に戻っていた。涼太の大好きな『お姉ちゃんモード』だ。

「お帰り、涼くん。先に帰っちゃってごめんね」

「べつにいいよ。それより排卵日って……」

いつもの姉に戻ったことに安堵しつつ、涼太はそっと切り出す。叔母がわざわざ来ることはいい兆候とは思えないし、帰りがけの言葉がやはり気になった。もしかして子作りはうまくいっていないんだろうか。

「こら、涼くんは余計な心配しなくていいって言ったでしょ？」

「でも……」

ここまで姉と子作りを満喫してしまっていたが、これはあくまでも一条家の習わしであって、そのしきたりの中だからこそ姉弟の交わりが許されているのだ。実際、姉が誰の子供を孕もうが本家の人間は気にもしないし、大事なのはきちんと子作りが進んでいるかだ。大叔母は祖母の代わりにそれを探りに来たのかもしれない。もし涼太が姉を孕ませることができそうにないと報告されたら――。

そんな涼太の不安を敏感に悟ったのか、紗羽がくすりと息を漏らす。

「大丈夫、お姉ちゃんは偉いんだから。勝手なことはさせないよ」

「ん、わかった」

そう言って軽く胸を張る姉の声は力強く、涼太の心が軽くなる。

事実、姉は既に次期当主として相当の権力を持っている。すべてを独断できるわけではないが、逆らえる人間はそう多くない。それに、涼太にとっては姉としての言葉が一番心強い。昔からいつもこうして涼太を励まし、最後には本当に何とかしてくれたのだ。

「さ、手洗ってきて。おば様が持ってきたお菓子食べよ」

「うん……！」

わずかな不安を心の奥に押し込め、涼太はいつもの生活に戻るのだった。

そんなことがあった数日後――。

「………………」

学校から帰ってきた涼太はカバンを胸に抱え、足音を殺して家の廊下を歩いていた。玄関に姉の靴はなかったのでまだ帰っていないのだろう――今日ばかりは助かった。

そして自室に忍び込むように戻った涼太は、鞄から数冊のマンガを取り出す。いつもなら姉と一緒に読んだりするのだが、今日はそういうわけにはいかない。何しろ借りてきたのはエッチなマンガだったからだ。

「……どうするんだよ、これ」

処分に困った同級生から半ば押しつけられた成人マンガの表紙を、涼太は溜息混じりに見つめる。性欲はあってもこんなものに向けたいわけではないし、『姉ものが好きだろ』と言われても姉なら何でもいいわけでもない。

そんな涼太を、長い黒髪のスーツを着た女性が表紙の中から見つめ返してきていた。

「……ちょっとだけだから」

誰に断るでもなく口にした涼太はベッドに腰かけ、こそこそとページを開く。

内容は年上の女性——実の姉だったり近所のお姉さんだったり——に男子高校生がリードされて、というものだった。ややM向けらしく焦らしたり、少し痛くしたりが多い。

「うーん……何か違うんだけどなぁ……」

涼太もあまりこういうプレイには興味はなかった。にも関わらず、どうしてもヒロインと姉を重ねてしまう。いつもは優しくリードしてくれたり、励ましてくれる姉にもしこんなことをされたら——。

そんな妄想に下半身がじわり、と反応し始めたときだった。

「……ただいまー、涼くん、ちょっといい？」

ぱたぱたと姉がやってくる気配がする。いつもと同じ、帰宅した姉が真っ先に向かうのは涼太の部屋なのだ。

「——っ！」

涼太の反応は素早かった。廊下を歩いてくる姉が言い終わる前に、マンガを枕の下に突っ込み、カバンをベッドの下に隠す。直後、ドアが開いて姉が顔を覗かせる。

「お、おかえり、紗羽ねぇ。どうしたの？」

「ただいま。後で一緒に出かけるから今日は先にお風呂入っちゃってくれる？」

「えと、わかった」

涼太の返事に満足した紗羽は静かにドアを閉め、やがて気配が遠ざかっていく。

しばらくして涼太はようやく安堵の溜息を吐いた。なかなかうまく対処できたものだ。姉は疑う素振りもなかった。

「……これは明日返そう」

それだけ頭に留めた涼太は姉に言われた通り、風呂に入る準備を始めるのだった。

☆

（ふふふっ、涼くん……お姉ちゃんの目は誤魔化せないよ……）

涼太が浴室に向かう様子を物陰から見つめていた紗羽は、思わずほくそ笑んでいた。弟は何かを隠している。本人は隠し通せたつもりだろうけど、お姉ちゃんにはお見通しだ。

「たまにはお部屋も掃除しなきゃね」

これはお姉ちゃんとしてではなく、お嫁さんとして必要なことなのだ――決して弟の部屋を捜索したいわけではない。一応お婿さんとして尊重することにしたわけだし。そう名目をつけた紗羽はこそこそと弟の部屋に向かった。

そして――。

「ふむふむ……」

紗羽は弟の部屋を見回す。以前はよく起こしてやっていたし、ちょこちょこ入ってはいたが、こうしてじっくり見るのは久しぶりだ。学習机、本棚、ベッド……散らかりようも以前のままだった。

「もぉ、制服はこっちにかけなさいって言ってるのに。皺になっちゃうでしょ」

「マンガはちゃんと本棚にしまいなさいっ、まったく……！」

早速、紗羽は以前と同じように弟の部屋を片付けていく。散らかってはいるもののゴミなどはなく、物の置き場が雑然としている感じだ。男の子の部屋はこんなものだろう。

「ふふっ、これってお父さんとお母さんみたいだよね……」

部屋の入り口近くに置かれていた雑誌をまとめているとき、そんなことを思い出す。

母は家の仕事で忙しくても時々父の書斎を片付けていて、紗羽も幼い頃からそれを見ていた。紗羽自身、まったく同じ口調で弟の部屋を片付けているのだ。

きっと自分達も両親のような夫婦になると思うと、不思議と悪い気分はしなかった。

「さて……」

ひと通り部屋を片付けた紗羽は最後に残ったベッドに目をやり、今度はドアのほうを見て耳を澄ませる。涼くんはまだしばらくは戻ってこないだろう。

息を大きく吸い込んだ紗羽は次の瞬間、プールに飛び込むようにベッドに身を投げた。

「……はふっ、はふっ……涼くんっ、んぅぅぅぅっ……はぁっ、はぁっ……」

そして枕に顔を埋め、思いきりその匂いを吸い込む。

「えへっ、えへへっ、久しぶりに楽しんじゃおっ……くん、くんっ……はふっ、はふっ」

今度はシーツを身体に巻きつけ、身体中に擦りつける。絶対に誰にも——弟にさえ——見せられない姉の怪しい姿。

昔からこっそりやっている楽しみで、弟と子作りをするような関係になってもやめることができなかった。涼くんの本体と匂いは別なのだ。

「はふっ……涼くんっ、涼くん……お姉ちゃんはもぅ……っ、もぅっ、はぁ……はぁっ」

誰にも見せられない恍惚の表情を浮かべ、飼い主の匂いを擦りつける犬のように転げ回る紗羽。最近ストレスが多いしたまにはこうでもしないと——。

再び枕を抱き締めようと腕を回したときだった。手が何かに触れ、紗羽の中で本来の目的と警戒心が目を覚ます——そういえば弟の部屋に入った目的を忘れていた。

「…………」

枕から取り出したソレをじっと見詰めていた紗羽は、やがてぱらぱらとページをめくり始めた。

★

「紗羽ねぇ、風呂上がっ——————っひ？」

自室に戻ってきた涼太は、部屋の中の光景を目にするなりひゅっと息を吸い込み、その場で固まる。

部屋の中は綺麗に片付けられ——学習机、本棚、ベッドまで——空いたスペースにはちゃぶ台、そこには涼太が隠したはずのマンガが積み上げられていた。

「…………」

ちゃぶ台の前にきちんと正座した姉は、マンガを一ページずつ丁寧に読み込んでいる。涼太が戻ってきたのも構わずに、コマを目で追っているのがわかった。

（どうしてこんなことに……）

姉にバレてしまったのは仕方ない。きっと自分でも気づかないうちに動揺を気取られてしまったのだろう。しかしこの状況はどうだろう。姉の行動の意味もわからず、かといって声もかけられない。

「…………」

結局、涼太はちゃぶ台を挟んで姉の前に正座し、姉が読み終わるのをじっと待つしかなかった。

一冊目――。

二冊目――――。

三冊目――――――。

姉の居住まいはきちんとしたまま、表紙さえ見えなければまるで参考書でも読んでいるかのような真剣さだ。

やがて最後の五冊目を読み終わると紗羽は静かにページを閉じ、マンガを積み上げる。

（うぅ……っ、どうすれば――）

姉が読んでいる間、涼太はどう言い訳しようかずっと考えていたのだが、何もいい考えは浮かばなかった。第一、姉の真意さえわからないのだ。

と、姉がちらりと目を上げて涼太を見据える。その目は『しきたりモード』だった。

「……涼くん」

「は、はいっ」

「涼くんにとって一番大事なことは何ですか……？」

「勉強ですっ」

姉の静かな声に涼太は咄嗟に答える。きっと勉学を疎かにしてこんなものを――ということなのだろう。しかし。

「お姉ちゃんとの子作りでしょっっっ！」

ぱんっ、とちゃぶ台を叩く紗羽。

「……っ」

姉には珍しい語気と、机を叩く音に涼太は息を呑む。

「涼くんはお姉ちゃんのお婿さんでしょ？　お姉ちゃんと赤ちゃんを作るのっ！　それが一番大切な役目でしょっ？」

「…………」

その通りだった。一条家の習わしからすれば勉強や学校行事など取るに足りないことなのだ。こんなエッチなマンガでさえどうでもいいはずなのに。

「なのに何ですかこれはっ！　こんなもので大事な子種を無駄にするつもりですかっ！」

言いながら、姉はマンガ雑誌をぱちぱちと叩く。

「えと、それは……」

姉の言葉に顔が赤くなるのを感じた。自慰行為で精液を無駄に使うなということなのだ。姉がそんなことを口にするなんて驚きだが、次期当主として、子作りに関しては妥協を許さない。

しかし、涼太には話の向かう先が一切わからない。姉がどう決着をつけようとしているのか、どう反省を促そうとしているかもわからない。

ひたすら姉の言葉を待っていると。

「涼くんの子種はお姉ちゃんのものですっ！　こんなものに使うくらいならお姉ちゃんに出しなさいっ！」

言って、立ち上がった紗羽は涼太の手を引いて立ち上がらせる。

「えっ、えっ……」

わけがわからないまま、涼太はベッドに押し倒されていた。

「…………」

涼太をベッドに押し倒した紗羽は背中を向けてまたがり、あっという間に涼太のペニスを引きずり出す。

「ちょっ、えっ、紗羽ねぇ、何で……」

「…………」

紗羽は答えないままストッキングを破り、ショーツを横にずらして涼太の上にぺたりと座り込む。肉裂がぬぱっと涼太を挟み込んだかと思うと、そのまま腰を揺らし始めた。

「えっ、えっ……本当に何やって……？」

姉の突飛な行動には戸惑うばかりだが、涼太の下半身は勝手に反応を始める。秘裂の内部の繊細な肉質が裏筋をぬりゅぬりゅと擦る刺激に、肉竿は力強い脈動とともに硬く反り返っていった。

「ぁっ、んぅ……ふっ、ふぅ……ん……ふぅ、ふぅ……」

姉の息遣いは早くも荒くなり、微かな喘ぎ声が漏れていた。同時に肉裂の内部がぬめりを帯び始め、裏筋をさらに滑らかに擦り立てていく。

「うぅ、これ、もぅ……」

相変わらず姉の行動は理解できない。が、一度始めた反応は止められなかった。気がつけば肉棒は姉の秘裂の間でみちみちと膨張していた。

「……くんのは……ちゃんのなんだから……っ、絶対……なんだからね」

姉の性急な行動も終わらない。何やらもごもご口にしながら、腰を持ち上げて肉裂をぱくりと開く。そして弟棒を掴むと、くちゅくちゅと内部を探って入り口にあてがい。

「涼くんのは……お姉ちゃんのなんだからねっ！」

姉はそのまま腰を叩き落とす。愛液が分泌されているとはいえ、まだほぐれてもいない狭膣が肉棒をぐぽっ、と根本まで飲み込んだ。

「ぁっ……はっ、ぁぁぁっ、涼くんの……入っちゃ……ぁっ、はっ」

弟の上にぺたりと座り込んだ紗羽は引きつった声を上げる。肉洞もぎちっ、ぎちっ、と涼太をきつく抱き締めるように収縮していた。

「うぁっ、ちょっと、紗羽ねぇ、大丈──」

もしかしたら子種を無駄にすることを怒っているのだろうか。だからといってこれは性急すぎる。

姉の身体を心配した涼太は思わず声をかけるが。

「んふっ、ふぅっ……涼くんのおちんちんは、こうしちゃうからっ」

言い終わる前に紗羽は腰を弾ませ始める。いつものようなじっくりと粘膜同士を慣らすような優しさはなく、肉壺で強引に咀嚼《そしゃく》するような抽送だった。それなのに。

（うぅっ、これ、やばい……っ）

まだほぐれていない姉壺は相変わらず狭く感じ、愛蜜のとろみも少ない。

しかし、きつく密着する膣襞に強引にしごき上げられる感触に、下半身にじわじわと性感が蓄積していく。

「んっ、ふっ、くぅっ……んぅっ、んぁっ、はんっ……ふっ、ふっ……」

息も荒く腰を揺らす姉の姿もどこか獣じみていた。腰を叩きつけるたびに、柔肉の詰まった尻たぶがたぱんっ、たぱんっ、と音を立てて潰れ、ひしゃげ、腰にまで振動が伝わっていく。

（うぅっ……怒ってる紗羽ねぇもいいかも……っ）

いつもの優しく甘い交わりとは違う、どこか肉体労働じみた無造作な交わりだ。姉の怒りに圧倒されつつも、涼太はいつしか心を奪われていた。

☆

「んっ……ぁっ、くふっ、ふぅっ……んぁっ、はんっ……ふぅっ、ふぅっ……」

紗羽は腰を叩きつけ弟竿を肉穴に飲み込んでは吐き出す。まだ慣らしていない抽送はやはりきつく、肉傘がみちっ、みちっ、と膣襞を擦るたびに引きつれるようだ。それでも、紗羽は構わず涼太を貪った。

(うぅっ……涼くんのばかっ、お姉ちゃん、こんなに……困ってるのにっ、ぁうっ、うぅっ、涼くんは……あんなマンガでエッチなこと考えてるなんてっ)

大叔母の訪問は実際のところ紗羽を焦らせていた。だからこそ弟が子種を無駄にしようとしていたことは当主として許せない。それと同時に、弟が自分以外の女性に劣情を抱いていたことが紗羽をさらに苛立たせた——涼くんはお姉ちゃんのものなのに。

大叔母の訪問に焦らされただけではここまで怒りはしなかっただろう。

弟がエッチなマンガを読んでいるだけならやはりそこまで怒らない——男の子なら仕方ないことだ。しかし、両方が重なったことが紗羽を駆り立てていた。

半ば苛立ちをぶつけるようにだぱんっ、だぱんっ、と尻肉を叩きつけて弟を膣肉で締め上げ、しごき立てていく。

「う……ぁっ、紗羽ねっ……いきなり、やばっ、俺、もっ、出る……」

強烈な収縮と抽送に早くも限界を迎えたのか涼太の声が上ずる。

「いいよっ、お姉ちゃんの中に出してっ……ほらっ！　こういうのが好きなんでしょっ？」

紗羽はさらに膣洞をぎゅっと締めつけ、小刻みな抽送で弟を責め立てる。直後――。

「うぁ、ぐっ……出るっ」

うめき声を発した後、紗羽の膣内で肉棒がぶくっと膨れ、牡液がまき散らされる。

「んぁぁぁぁっ！　あっ、あぁぁっ、お姉ちゃんの中に……涼くんのが入って……あふっ、ぁ……ぁ、やっぱり、これ、すご……っ」

膣内に子種を浴びせられ、全身がかっと熱を持つような高揚感が紗羽を襲う。牝の喜び、姉の喜び、様々な恍惚が全身を満たしていくが。

「んふふっ、涼くんの子種は、絶対無駄になんかさせないんだから……ほらっ、全部お姉ちゃんの中に出しなさいっ……こうしてあげるっ」

紗羽は膣洞をうねらせるように収縮させ、小刻みに腰を揺する。文字通り膣襞で弟から精液を搾り上げていった。焦りと嫉妬に煽られた独占欲は飢餓感にも近いくらいだ。

「ちょっ、紗羽ねぇ……そんなに搾ったら……まだ、出るっ……ぁぐっ、ぅぅっ」

うめき声を上げながら吐精を続ける涼太。断続的に浴びせられる白濁がさらに紗羽を昂らせ、子宮は渇きを感じるほどにひりひりと疼いた。

やがて精の放出は弱まっていき、紗羽の中の弟棒も柔らかくなっていく。

「ぁ……はぁ、はぁ……紗羽ねぇ、もっ……出ないからっ」

姉に搾られるままに射精を終えた涼太は息も荒く訴える。その表情は戸惑いながらもどこか満足しているようでもあった。しかし。

「お姉ちゃん………足りないっ、涼くんの、もっとほしいよ……！」

下腹部にこもる渇きはさらに募る一方だった。膣で弟を咀嚼し、貪り、ひりひりと疼く子宮で弟汁を飲み干したい。さらなる独占欲が紗羽を苛《さいな》み続けている。

「で、でも……いきなりもう一回は……」

まだ高まってもいない状態で射精まで導かれたせいだろう。涼太の下半身は容易に回復しそうになかった。その肉棒は紗羽の膣内で半勃起となっている。

そのとき――。

「………」

先ほど読んだマンガの内容が頭に浮かび、紗羽自身、貪欲な笑みを浮かべているのわかった。きっとこういうときに使うのだろう。

「……これならどうかな？」

言って、紗羽は弟の肉竿の付け根から睾丸の裏、と指を滑らせていく。

「えっ……えっ、紗羽ねぇ、何を——」

弟の声は戸惑っている。が、紗羽がまたがって動きを押さえつけているのでろくに抵抗もできない。そして紗羽は睾丸の付け根からさらに指を這わせていき、その下にすぼまりを見つけると、つぷりと差し込んだ。

★

「……………ぃひっ？　ひっ、ぁっ……？」

肛門に入り込んでくる異物感に涼太は声を上げ、反射的に締めつけてしまう。何が入ってきているかはすぐにわかった——姉の指だ。

「紗羽……ねっ、何やって……やめっ、ぃ……ひっ」

姉を制止しようとしても途切れ途切れのうめき声しか出てこない。

その間にも姉の指はさらに深く、第二関節まで入ってきていた。

「んふふっ……涼くん、こういうのが好きなんでしょ？　こうやって女の人に……ちょっと意地悪されちゃうの♪」

「えっ、何言って——俺、こんなこと……？」

姉には珍しい意地悪な笑みに、涼太の背筋を怖気が駆け上がってくる。

一瞬ののち、先ほど読んでいたマンガのことだとわかった。涼太自身『もし姉がこんなことを――』などと考えてしまったプレイだ。

「ち、違っ……紗羽ねぇ、ひっ、違うからっ……！」

「このへんかな……？　このへんをこうやって……触ればいいの？」

涼太は必死で説明しようとするが、姉は聞き入れず涼太の腸内を探る。今までにないような、意地悪で、好奇心丸出しの動き方だった。

「ひっ……や、やめ……ぃひっ」

姉の細い指とはいえ異物感は強烈だ。入ってきてはいけない場所を指先が擦るたびに怖気が込み上げてきて腰がかくつく。正直、こんなことをされて興奮――しかも勃起までするとは思えなかった。それなのに。

「ん……このへんかな？　確かこのへんに……男の子の感じるところって、ん、んんっ？ぁ……ここだよね♪」

姉の指が尻穴の少し奥、肉棒の付け根あたりを押した瞬間だった。

「～～～～っっっっっ!?」

びりりっ、と得体の知れない感覚が背筋を駆け上がってくる。同時に、先ほどまで力を失っていた肉塊が姉膣の中でぐっ、と持ち上がるのを感じた。

（な、何だこれ……嘘だろっ？）

姉がやっているのはどうやらマンガであった肛門から前立腺を刺激して勃起させる、という方法らしい。まさか本当にされてしまうとは。肛門に触れられる異物感、前立腺を押される痛みにも近い感覚は相変わらずなのに、自分の意思とは関係なく、ペニスはどんどん膨らんでいくのを感じる。実際に味わうのは想像を絶する強烈な感覚だった。

「ぁはっ、やっぱりここがいいんだ？　涼くんのおちんちん、もう元気になってきちゃったね♪　ほらほらっ」

涼太の反応に気をよくしたのだろう。紗羽はくすくす笑いながら前立腺を押す。

「ひっ……ぁ、これ、何で……っ？」

気がつくと涼太の肉棒は姉の中で完全に力を取り戻していた。

「んっ……それじゃ、もう一回涼くんのお汁、お姉ちゃんの中にちょうだいっ」

そして姉は涼太の言葉を待たず再び腰を弾ませる。先ほどと同じ一切遠慮のない律動でだぱんっ、だぱんっ、とリズムよく尻肉を叩きつけてくる。

「ひっ、ひっ……？　紗羽ねぇ、ホントに、やめっ……今、やばいって」

姉の膣はほぐれ、愛蜜もたっぷりと分泌されている。涼太自身の白濁も手伝い粘膜同士の摩擦はなくなった。が、射精直後の肉棒は敏感なままで、やってくる性感は苦しいくらいだ。

「やっ……ん、んふっ、ぁはっ……ね、涼くん、こういうの、好きなんだ……？　あのマンガの女の人にこういうことされるの……想像しちゃった？」

相変わらず姉の腰の動きは大胆で、涼太の剛直を舐め上げ、しゃぶりつく。振り返るその表情は不機嫌なのにどこか貪欲さもあって――。

「んっ、くぅっ、どの人が気に入ったの？　んふっ、やっぱりスーツの人？　制服の人……コンビニの人？　まさか、あの義理のお姉さんとかじゃないよねっ？」

「うくっ、それは……うぅっ」

姉が初めて見せる表情が性感をさらに増幅させ、ざわざわと涼太の下半身を侵していく。意地悪で、独占欲丸出しで、本当にマンガの女性達のような――。

最初は子作りそっちのけで子種を無駄にしようとしていたことに怒っているかと思ったが、それだけではないことはさすがに涼太も気づき始めていた。

「紗羽ねぇ、もしかして…………やきもち――」

いつも鷹揚で、何でも受け止めてくれる姉がまさかこんなふうに嫉妬するとは思いもしなかったのだ。

「…………涼くんのばかっ！」

しかし紗羽は涼太が言い終わる前に激しく腰を揺すり始めた。

☆

「涼くんのばかっ……涼くんのばかっ……ばかっ、お姉ちゃんは……うぅぅぅっ」

紗羽は腰を叩きつけ、前立腺をぐいぐい押して弟勃起を責め立てる——お姉ちゃんだってやきもちくらい焼く。ただ子作りだけじゃなくて、もっとお嫁さんのことも考えてくれないと困るのに。

「んっ、くぅっ……ぁはっ、はっ……涼くんっ、涼くんっ……うぅっ」

本当はお姉ちゃんだし、当主だからこんな子供じみたやきもちはよくないとわかっている。それでも弟は誰にも渡したくない。食べてしまいたいくらいに可愛い弟なのだ。その独占欲のままに紗羽は膣洞を締めつけ、腰を振り立てる。強制勃起させた剛直を膣穴で飲み込み、頬張った。

「ひっ……ぐ、紗羽ねぇ、それ、もっ……やめっ、ひぐっ」

涼太は息をつまらせながらも喘ぐような声を上げる。前立腺を刺激した肉棒は今やびきっ、びきっ、と異常なくらいに硬く反り返っていた。

「涼くんは……お姉ちゃんだけのものなんだからっ、お姉ちゃんの宝物なんだからっ」

紗羽の律動はいよいよ激しくなっていく。肉棒がごりっ、ごりっ、と膣襞を擦り上げるのを感じるたびに、さらに刺激がほしくなる。紗羽自身、こんなに弟に対して貪欲になれるのかと驚くくらいだ。

「うぅぅぅっ、もっと、もっと……涼くんがほしいよぅっ……お姉ちゃん、もっと、涼くんのこと……っ」

紗羽は腰を叩きつける角度を変えて膣壁をこじらせ、最奥部に亀頭を押しつけるが、どこを擦っても、小突いても足りなかった。焦りと怒りは紗羽をさらなる快楽へと駆り立てていく。

「んぐっ、ぐっ……紗羽ねぇ、ごめん、ごめんってば……もう、読まないからっ」

弟の声は今や懇願混じりで、その表情も苦悶と恍惚の両方に歪んでいた。そんな弟の表情に紗羽は背中をぞわつかせる。

「ふぅっ、ふっ……涼くんっ、お姉ちゃん、すっごく……苦しいんだからっ」

嫉妬と肉欲の間で揺れながら、紗羽は腰を揺すり弟を貪り続ける。いよいよきつく収縮する肉洞の襞のひとつひとつで勃起を舐めしゃぶっていると。

「あぅっ……紗羽ねぇ、俺、また……っ」

弟の声が再び切羽詰まり、肉棒は空発を繰り返すように何度も跳ねる。

「いいよ、涼くんっ、お姉ちゃんの中に出して……出しなさいっ！　涼くんの子種はお姉ちゃんのものなんだからっ！」

ただ弟汁がほしい。その一心で紗羽は涼太の尻穴を探り、前立腺に指を食い込ませる。

「ひっ……っ？　っぐぅぅうううっ！」

弟がうめき声を上げた直後、肉竿が弾け白濁が紗羽の膣内にぶちまけられた。

「あっ、はっ、ぁぁぁっ……涼くんの子種っ、子種っ……お姉ちゃん、全部ほしいよぅ……もっとたくさん出してっ、全部……全部っ！」

とうとう上り詰めた紗羽は快楽にわめき、渇いていた子宮は貪欲に白濁を飲み干していく。その間も指は弟の前立腺を刺激し続けた。

「うぁっ、あっ、それ、ごめ……っ、紗羽ねっ、もっ……ごめんってば……」

涼太は喘ぎ、懇願の声で腰を震わせる。剛直は手負いの獣があがくように、生命力の限りを吐き出そうと多量の牡液を搾り出していった。

「だめ、もっと……もっと出して、涼くんっ……お姉ちゃんに出しなさいっ」

紗羽は弟を責め、吐き出される牡液を膣穴で飲み干していく。断続的な射精を子宮で受け止めるごとに、充足感で渇きが満たされていくのがわかった。

「ぁぅ……ぅぅ……もっ、出ない……」

その間、涼太は息も絶え絶えに白濁を放ち続けるしかなかったが、やがて肉棒はゆるゆると透明の粘液をこぼすだけになっていった。

「ぁ……ぁ、ホントに全部……お姉ちゃんの中に、出して……くれたんだ……♪」

弟の射精が弱まっていくのを感じ、紗羽はようやく満足の溜息を吐き出す。本当にもう出ないくらい――最後の一滴までお姉ちゃんに出してくれたのだ。独占欲を満たされた紗羽はようやく満足の笑みを浮かべるのだった。

★

「「………」」

ベッドに並んで座ったまま、ふたりとも言葉を交わさなかった。

しかし、涼太にとっては不快な沈黙ではなかった。昔と同じ、姉弟が仲直りするタイミングをうかがっている、ゆったりとした時間だ。

姉の独占欲の発露は意外だったが、涼太にとっては決して嫌な気分ではなかった。こんなふうに思ってくれれば弟としてはやはり嬉しいものだ。

そして――。

「……ごめん、紗羽ねぇ……」

「ん、お姉ちゃんもごめんね……えと、大丈夫？」

切り出した涼太の手に姉の手がそっと重ねられる。

「お姉ちゃん……ちょっと焦っちゃってたみたい。おば様のこともあって、もし涼くんの赤ちゃんできなかったらって、心配になっちゃって……」

「うん……」

いつも涼太の前では弱さを見せない姉がそんな言葉を口にするなんて、それだけ焦っていたし不安だったのだろう。そんなときにマンガなんかで子種を無駄にしようとしていたら、怒るのも当然だ。と、同時に。

(俺がしっかりしなきゃ……)

涼太はその想いを強くする。姉だって心配なのだから、弟の自分が姉を支えなければ。思わず涼太は姉の手を握り返していた。

「大丈夫だよ、紗羽ねぇ。俺が絶対、何とかするっ」

自身、恥ずかしい言葉だと思った——必ず姉を孕ませると言っているに等しい。それでも、弟として涼太にできることはそれがすべてなのだ。

「ふふっ、頼りにしてるね……」

言って、姉が涼太の肩に頭を預ける。しっとりとした髪の匂いが鼻をくすぐった。

そんな姉との心地よい時間を楽しんでいると。

「それと、お姉ちゃんは涼くんのお嫁さんなんだから、お婿さんが他の女の人のこと考えるのは嫌だよ……もうちょっと大切にしてね?」

「ごめん……」

今日の一件は姉のやきもちもあるのだ。姉には悪いことをしたが、当主として子作りに臨むだけでなく、そんな女の子らしさが嬉しかった。涼太が思わず微笑んでいると。

「……だから、してほしいことがあったらあんなマンガじゃなくてお姉ちゃんに言うんだよ？　何でもしてあげるからね……」

その静かな声に冗談の響きはなかった。妻として夫のためにありとあらゆることをしようという覚悟——と同時に他の女にうつつを抜かしたらどうなるかという脅し。

「え、あ、うん……」

一条家のしきたりとは別に、姉のお世話欲求と独占欲はやはりけた違いだ。もちろんそんなつもりはないが、あまり姉を誤解させないようにしよう。そう心に留める涼太の額にはじんわりと冷や汗がにじんでいた。

☆

深夜——。

日記を書き終えた紗羽はぱたりと閉じたノートを見つめ溜息をつく。もうずっとこの状態が続いていた。

「……今日はやっちゃったな」

弟を貪欲に襲ったこと、嫉妬まみれの交わりを思い出し、顔が赤くなるのを感じる。

まさか自分があんなに嫉妬するなんて思いもしなかった。それでも涼くんは許してくれて、自分が支えるとまで言ってくれたのだ。

「ふふっ、涼くんってば……」

もう涼くんは立派な男の子になろうとしている。お姉ちゃんを支え、引っ張ってくれる

くらいに。その心強さに胸が熱くなったが。

「………」

紗羽にプレッシャーがかかっているのは事実だった。毎日簡易キットで確認してはいるが、まだ弟の子を宿した気配はない。期限の猶予はあっても、本家の人達だっていつまでも待ってはくれないだろう——叔母がやってきたのはよくない兆候だ。

やはり弟との子供はほしい。しきたりに関係なく、身体を重ねるうちにもっと弟のことを好きになり、想い合っている証がどうしてもほしくなった。

しかし、もしできなかったら——そんな不安が紗羽の中で膨れ上がってくる。

「……っだめよ、こんなこと考えちゃっ」

その不安を紗羽は頭を振って追い払う。お姉ちゃんとしてしっかりしなければならない。涼くんだって支えてくれると言っているのだ。事実、日常生活はもちろん、交わりの中で見せる弟のたくましさ、力強さにはそれだけの安心感さえ覚えるようになっていた。

「明日から頑張らなきゃっ」

お姉ちゃんは弟を信じ、弟はお姉ちゃんを信じる。そうすればきっとうまくいくはずだ。

覚悟を決めた紗羽はようやく床に就くのだった。

六章　お姉ちゃんに本気の種付け、してください♪

大叔母の訪問からしばらく経ったある日の午後――。

「あ、その服はそっちの部屋に持っていってくれる？　しまう前に干してもらうから」

「うん。よいしょ……っと」

姉の部屋で、衣装ケースを持ち上げた涼太はよろよろと洋間に向かう。夏物の服を片付けたいという姉の手伝いだ。

あれからしばらく、姉弟の関係は特に変わったこともない。仲のよい日常、そして子作りの日々だ。もちろん本当に姉が妊娠するのかという不安もあるにはあるし、期限があることもわかっている。それでも、姉ならそろそろ孕んでくれるだろうと楽観していた。

それに、例え一条家のしきたりの中にいるとしても姉弟の関係はこうして変わらないものであってほしい。そんなことを考えながら部屋に戻ってきたとき。

「…………？」

家の空気がぴんと張り詰める嫌な感覚に、涼太は顔を上げる。

紗羽も同じように顔を上げた直後、廊下を誰かが駆けてきて、母が姿を現した。

「涼太っ、ちょっと離れのほうに行ってなさいっ！」

「えっ………？　う、うん、わかった」

まるで涼太をどこかに逃がそうとでもしているようだ。母の慌て方は異常だが、涼太が素直に従おうとしたときだった。

落ち着いた足音がやってきたかと思うと、嫌な感覚の正体が小さな人影として現れる。

途端、部屋が何かの重圧にしんと静まった。

「まったく、騒々しい。本家の者ならもっとどっしり構えんか」

「すいません……その、少し急な用事があったもので……」

その言葉に母は言葉を濁し、もごもごと口する。

（えっ、えっ？　何でばあちゃんが――）

涼太はいつかの祖母の言葉を思い出し、ハッとする――『月のものが二度過ぎるまで』。いつの間にか期限が来てしまったのだろうか。姉の生理周期なんて自分でさえわからないのに。それに、姉はまだ妊娠しては――状況を受け入れられずただ混乱するばかりだ。

「えと、おばあ様……言っていただければお迎えに参りましたのに……」

社交辞令を口にしながらも、紗羽はさりげなく涼太を背中に隠す。

そんな姉の言葉にも祖母は眉ひとつ動かさずじっと見つめ返した。

「……紗羽、もう用件はわかっているな？」

「その、もうすぐ次の排卵日ですので、そのときには必ず――」

突然の祖母の来訪に姉はいつもの『しきたりモード』にさえなれず、ろくに対応もできていない。言いかけた姉の言葉を遮《さえぎ》るように祖母は苛立たしげ手を振る。

「もうよい。これ以上待っても変わらぬ……坊には荷が重すぎたようじゃの」

祖母の言葉はあまりにも重大でいながら、あまりにも簡潔だ。まるで涼太がこの場にいないかのような冷淡さだった。

「えっ、えっ……でも、月のものが過ぎたわけじゃ……？　何で……」

混乱する涼太を見て、母は感情を押し殺した声で切り出す。

「おばあ様はあなた達の行動をずっと見守られていたのよ……子作りの状況もご存じなの。その上で、涼太の力じゃ妊娠させるのは無理と判断して、もう別の男性を選ばれたわ」

「そん……な………」

ようやく涼太はすべてを理解した。祖母は自分よりりたくましく精力旺盛な男性を、次の排卵日までに姉にあてがうつもりなのだ。頑張っているつもりだったが、祖母に『選手交代』を宣告されてしまった。婿として失格どころか、もしかしたら一条家の人間として家にいることさえできなくなるかもしれない。

しかし祖母は涼太などお構いなしに話を続ける。

「今夜から次の男をそちらに送る……好きに使うがいい」

祖母の口調はまるで犬猫の交尾相手を選ぶブリーダーのようだ。ただ繁殖のためだけに組み合わせを考えているにすぎない。

「そんな……でもっ、涼くんも成長していますし……次の排卵日には、今度こそ……っ」

「坊には無理じゃと言っておろう。これは少々男として弱すぎる……まだわからぬか？」

姉にとって祖母に意見するということは精いっぱいの抵抗だったのだろう。それでも、祖母は姉の言葉を切って捨てる。

「…………うぅ」

とうとうは紗羽はうつむいてしまった。

（……何やってるんだ、俺……っ）

こんなに弱々しい姉を見たのは涼太も初めてだ。情けなさ、やるせなさが込み上げてくる。姉はこんなに必死で祖母に抵抗しているのに、自分は姉のうしろに隠れて。一人前の男になったつもりでも、この程度でしかないのだ。

（これじゃ、だめだ……俺は紗羽ねぇの婿なんだっ）

こんなときこそ自分が姉を守らなければならない。他の男に奪わせてはならない。怒りにも近い感情が涼太を奮い立たせる。そして気がつけば勝手に身体が動いていた。

姉の前に出た涼太は祖母と対峙する。

「涼くん……？」

「涼太……？」

姉も母も涼太の行動に面食らっているようだ。

「……何じゃ、坊にはもう関わりない。行っていいぞ」

祖母は、涼太がまだこの場にいることを疎ましがる。しかし涼太はひるまなかった。

「ちょ、ちょっと待ってよ……！　確かに紗羽ねぇ任せで、のほほんと子作りしてた俺が悪かったよ、でも……これからは俺も本気出すっ、本気で紗羽ねぇを孕ませるからっ」

自分でも滑稽《こっけい》なくらいに声は震え、脚もかたかたと揺れている。それでも必死で拳を握り締め、祖母の前に立つプレッシャーに必死で耐えた。

「…………」

初めて祖母の目がすがめられる。どこか好奇心を覚えてもいるようだった。

まるで家中がしんと静まり返ったような静寂の後。

「……それで気が済むならよかろ」

その言葉には意外にもわずかな理解の響きがあった。姉が妙な抵抗をしないよう完全に弟を諦めさせるというよりは、涼太が本当に姉を孕ませるか見届けようというような。

「次の月のものが過ぎるまでじゃぞ……」

それだけ言って踵《きびす》を返し、静かに廊下を歩いていく。母が慌てて見送りに出ようと追いかけようとするが、鬱陶《うっとう》しそうに手をひらひらと振りひとりで家を出て行った。

しばらくして車が走り去って行く音がすると――。

「「「…………」」」

三人は顔を見合わせる。

次の瞬間、涼太は畳に尻もちをついていた。

「だ、大丈夫っ？　涼くんっ」

「うん、大丈夫、あれ……っ？」

何とか立ち上がろうとするが、また尻もちをつき、立ち上がろうとしては座り込む。

「ご、ごめん、何か力抜けちゃって……は、ははっ……」

極度の緊張から解放され、足腰に力が入らず乾いた笑いが漏れるだけだ。今になって初めて自分がとんでもないことをしたと冷や汗が滲むのを感じた。本家のおまけ程度の男が祖母に刃向かい、退けたのだ。

同時に、自身の口にしたことを思い出し顔が赤くなる。いくら祖母を説得するためとはいえあんなことを――。

「ううん、すごいよ、お姉ちゃんのために頑張ってくれたんだよねっ」

そんな涼太をそっと抱きかかえる姉は微かに涙声になっている。

涼太自身、今となっては何故自分にそんなことができたのかわからない。ただ、姉を守りたい、離れたくない。その一心だった。

「まったく、あんたは本当にお姉ちゃん子ね……」

そんなふたりを見て母も苦笑している。事実、姉のためだからできたことだ。

「……お姉ちゃん、絶対産むからねっ、涼くんの子供っ」

「う、うん……っ」

ぎゅっと抱き締めてくる姉のあけすけな言葉に、涼太はどぎまぎしながら答える。もう迷いはなかった。自身の子種で、絶対に姉を孕ませる。涼太の中で牡の本能が目を覚ましつつあった。


数日後――。

一日の最後の授業が終わるなり、涼太は教科書やノートをカバンに突っ込みホームルームも待たずに教室を飛び出した。そして廊下を走り、昇降口で靴を履き替え、校庭を突っ切っていく。

(紗羽ねぇと子作り……子作りっ、紗羽ねぇと子作り……っ)

頭の中はもうそれしかなかった。何しろ明日は姉の排卵日なのだ。その前後数日は学校を休んで子作りに励む。もちろん学校の許可も得ている。

祖母のプレッシャーもあるにはあるが、涼太には姉と本気の子作りができるという高揚感のほうが上だった。今までのようなどこか浮ついた交わりとは違う。大好きな姉に本能のままに精を放ち、自身の子を宿させる。それを考えるだけで涼太の中に言いようもない猛々しい感情が込み上げてきた。

そして涼太は姉が待っている家に向かって全力で駆けていくのだった。

☆

「…………」

紗羽はそっと髪を乾かし、自身の部屋を見回していた。

照明を落とした和室にはひと組の布団とふたつの枕、その横にはお盆に乗せた水差しとコップ、ティッシュ——ここで姉弟子作りに励むのだ。紗羽が学校を休んでこしらえた、文字通りふたりの愛の巣だった。

「……よしっ」

そしてカレンダーを確認すると、今日はハートマークがひとつ、明日はハートマークが二重につけられている——排卵日だ。

「……よしっ！」

排卵日を挟んだ数日間が姉弟の勝負だ。もしこの間に孕まなかったら——。

そんな不安もあるにはあったが、それよりも今日から弟と子作りをすることが楽しみで、昨日から寝られずにいる。お姉ちゃんはもう子作り準備完了だし、たくましく成長している涼くんならきっと妊娠させてくれる。

「ふふ……っ」

弟の子を腹に宿すのはどんな感じがするのだろう。紗羽は和服越しに下腹部に手を触れる。そんなときだった。玄関の引き戸が開けられる音、そして慌てた足音がぱたぱたと駆けてきた。

「……っ」

とうとう来た。涼くんがお姉ちゃんを孕ませるために。

緊張と込み上げてくる興奮に喉がからからになっていくのを感じながらも、紗羽は慌てて布団の横に正座し、弟を待ち受けた。

★

家に着いた涼太は玄関にカバンを放り出し、靴を脱ぎ捨て姉の元に向かうが。

「はぁ……はぁ……」

部屋の前で息を整える。向こうでは姉が子作りの準備を終えて待ってくれている。この襖を開けたら後は姉を孕ませるまで交わるだけだ。その緊張と興奮に心臓は高鳴ったままだ。やがて涼太がそっと襖を開けると――。

「お帰りなさい」

正座して待っていた和服姿の姉がぺこりと頭を下げる。

「た、ただいま……っ」

姉の姿に涼太は息を呑む。

風呂上りだからだろうか、おろした黒髪はしっとりと艶めかしい。和服姿も艶っぽく、初めて姉と交わった夜にも勝る興奮を覚えた。

その横に敷かれた和布団とふたつの枕。お盆に乗せられた水差しとコップ。ちょこんと置かれたティッシュの箱は場違いで、それがまたこれからの行為を意識させた。

「えへ、初めてのときみたいでちょっと恥ずかしいね……」

涼太の熱視線に戸惑ったのか紗羽ははにかむように口に手を当てる。

「えと、俺、俺………」

はちきれんばかりの興奮に声が掠れる。姉が自分の子作りを待って準備してくれていたのだ。その肉棒は今までにないほどの硬度で制服のズボンを押し上げていた。

そんな涼太の興奮に気づいているのか、紗羽はいつもの柔らかな笑みを浮かべたかと思うと、軽く頭を下げる。

「……それじゃ、お姉ちゃんに種付けしてください……♪」

「〜〜〜〜〜〜〜〜〜っ」

叫び出したくなるほどの劣情に襲われた涼太は思わず姉に飛びかかっていた。

「ふぅっ……ふぅぅっ、ちゅっ……紗羽ねぇっ、ちゅっ……」

姉を布団に押し倒した涼太は、その唇、頬、首筋と構わずにキスを浴びせながら、和服に手をかける。が、洋服と違い脱がせ方がわからない。

「くっ、この……っ、あれっ」

早く姉と交わりたいのにもどかしくて仕方ない。苛立ちながら帯や裾を引っ張り、強引に手を突っ込もうとしていると。

「……んふっ、ちゅっ、落ち着いて……涼くん、お姉ちゃんが自分で脱ぐから……」

弟のキスを受け微かに喘ぎながらも、紗羽はくすくす笑い自ら和服を脱いでいく。さすがに慣れているだけあって、すぐ裸になってしまった。

「ふぅっ……ふぅっ、ちゅっ、紗羽ねぇ……」

ようやく姉の身体に触れることができる。先ほどの苛立ちもあり、涼太は露わになった姉の肉房に指を食い込ませるようにこねる。同時にもう一方の手で姉の秘部をかき回した。

「ぁっ、やんっ、涼くんっ、がっつきすぎだよぅ……ふぁ、ぁっ、んっ、そんなにお姉ちゃんと子作りしたかったんだ……♪」

紗羽はくすくす笑いながら涼太の頭をかき回すが、その吐息は既に荒くなっていた。涼太はそんな姉の身体を夢中で愛撫する。その柔らかさ、体温、首筋から立ち上る風呂上がりの甘ったるい牝臭。すべてが愛おしく、牡の本能を昂らせていく。

「ぁはっ、ん……ちゅっ……涼くんも、んっ……脱がせてあげるね、ほら……」

そんな弟の愛撫を受けながらも、紗羽は涼太の制服を脱がせてやる。ブレザーを脱がせ、ワイシャツのボタンを外し、制服のチャックを下ろし――。

「んっ、涼くん、もうこんなに元気なんだ……っ」

「はぁ……はぁっ、はぁっ、紗羽ねぇも……すごい、ぬるぬる……っ」

気がつけば姉弟は裸になり、互いの身体をまさぐっていた。いきり立った涼太の肉棒は早くも粘液を染み出させ、それを握る姉の手をぬらつかせる。紗羽の秘部も愛液にまみれ布団にこぼれ落ちるほどだった。

やがて互いの身体に触れ高め合ったふたりはどちらかが言い出すこともなく、身体を離していた――本気の種付けを始めるのだ。

「「…………」」

息も荒いまま見つめ合っていた姉弟だったが、やがて布団に横たわっていた紗羽がそっと脚を開く。涼太の性急な愛撫にも関わらず、秘部は愛液にとろけぬらぬらと光っていた。

涼太の肉棒も、早く目の前の姉穴を穿って精を放ちたいと訴えるように、腹を叩かんばかりに反り返る。

そして――。

「それじゃ……お姉ちゃんのここに、涼くんの子種を……たくさんください……っ」

紗羽は自ら秘部をぬぱっと開いた。内側に溜まっていた愛蜜がとろりと垂れ落ちる。やはりまだ気恥ずかしいのだろう。姉の声は掠れていたが、その視線は熱っぽく涼太を求めていた。

「～～～～～っ」

愛おしさ、牡の本能、様々な感情や本能がいっしょくたになり劣情となって込み上げてくる。今や触れるだけで暴発せんばかりの怒張を掴んだ涼太は、姉に誘われるままに肉壺を貫いた。

☆

「んぁっ……ぁっ、ぁあああっ？　ぁはっ、はっ……入って……ぁあっ」

とろけた肉壺にがぼっ、と剛直をねじ込まれるなり紗羽は軽い絶頂に声を震わせる。

「えっ、ぁ……紗羽ねぇ……？」

「ぁはっ、ぁっ……ん、涼くんと子作りできるの、嬉しくて……お姉ちゃん、もぅ、イッちゃった……」

戸惑った表情で見下ろしてくる弟の剛直は熱く脈動し、紗羽の膣洞をぐいぐい押し広げている。このたくましいモノで膣穴をかき回され、子種を注ぎ込まれ、孕まされるのだ。その期待感だけで達してしまった。

と──。

「お、俺も……っ、俺も紗羽ねぇと子作りするの……興奮するっ」

涼太の肉竿もさらに硬く、膣壁を押し上げんばかりに反り返る。そしてそのまま腰を揺すり始めた。張り詰めた肉傘のへリが膣襞をごりごりとこそげ、先端が最奥部にぶちゅっ、と押し当てられる。

「ふぁっ、あぁっ、それ……すごいよぅ、涼くんのおちんちん、本当にお姉ちゃんに赤ちゃん産ませてくれるんだ、んぁ、ぁ……っ」

弟も昂っているせいか亀頭はいつもより硬くエラが張り、膣壁を擦り上げる刺激もより鋭利に感じる。そして子宮口を抉られる眩暈《めまい》のような快美。種付け用に準備されている身体は抽送のひと擦りごと、ひと突きごとの快楽を容易に受け入れてしまう。

(はぅっ、ぅぅ……お姉ちゃん、もぅ、もぅ……涼くんがほしくてっ)

再び高まっていく種付けへの期待感に応え、紗羽の膣洞がぎゅっと収縮して涼太を締め上げた。

「うっ……ぁ、紗羽ねぇ、ごめっ――」

弟の腰が震えたと思った次の瞬間、膣洞半ばで動いていた肉棒が弾ける。

「ぁ、あぁっ？　ぁは……んぅっ、あっ、涼くんの……お姉ちゃんの中に出てる……っ」

膣壁や子宮口、構わずにまき散らされる白濁の熱さに、紗羽の身体が震える。子作りに向けて準備万端の膣に熱液を浴びせられ再び達してしまった。一方。

「ご、ごめん……紗羽ねぇ、俺、興奮しすぎて……っ、せっかく……」

姉に詫びながらも、涼太は腰を震わせてびゅるびゅると射精を続ける。突然の放出に自身でも戸惑っているようだ。

(はぅぅ……ぅぅぅっ、涼くん、可愛い……っ)

弟の情けなさそうな表情に紗羽の下腹部が熱く締めつけられる。そして紗羽はそっと弟の頭を撫でつつ、膣肉をうねらせて柔らかくなっていく肉棒を撫でつけた。

「うぁ……ぁ、紗羽ねぇ……っ、はぁ……はぁ……」

「いいんだよ……今日はたくさん子作りするんだから、何回でも種付けすれば……お姉ちゃんもたくさんほしいし……ね？」

「……う、うんっ」

紗羽の言葉に勇気づけられたように、涼太はゆっくりと腰を揺すり始める。

柔らかくなったペニスと膣壁を擦り合わせているうちに、再び紗羽の中で肉棒が力を取り戻していった。やがて剛直は完全に復活し、力強い脈動を始める。

「ふふっ、涼くん……もう元気になったね、それじゃ、もう一回頑張って……？」

また子種を受け入れることができる。大好きな弟との子作りに高まった身体は、再度の種付けに向けて昂ぶり始めていた。

「うんっ、それじゃ……っ」

そして涼太は再び紗羽の腰を掴み、二度目の交わりを始めた。

★

「ぁっ……んぅっ、はっ……はぅっ、涼くんっ……ぁっ、すごっ、お姉ちゃんの中、ごりごりしてる……っ」

(うぅ、紗羽ねぇの中、今日は……すごいっ)

涼太は本能のままに腰を揺らし、自身が放った白濁をかき出し、最奥部をどちゅどちゅと叩いてこじ広げていく。とろとろとうねる肉壺に舐めしゃぶられる快感はもちろん、姉膣を子作り用に変えていく実感がたまらなかった。

「んっ……く、ぁっ、涼くんの……お姉ちゃんのお腹、叩いてっ……ひゃっ、ぁっ」

種付け交尾に喘ぐ姉の姿も涼太の劣情を煽る。切なげに喘ぐ表情、感極まった嬌声、腰を叩きつけるたび振動が腰から上半身を伝わりたぽたぽと揺れる肉房。

今この瞬間、姉と本気の子作りをしている。そんな実感に、睾丸からじわじわと子種汁が輸送され始めるのを感じた。

そんなときだった。熱っぽくも優しげな姉の瞳と目が合う。

「ふふっ、涼くん……立派になったね……こんなにたくましくなって、お姉ちゃんと子作りして……っ」

「紗羽ねぇ……？」

姉のそんな言葉に誇らしくなると同時に、妙な違和感を覚えた。こんなときなのに姉らしくない言葉だ。

「涼くんがこんなに男の子らしくなってくれて、たくさんエッチもできて……ふふっ、大変だけど、しきたりがあって……よかったな……」

喘ぎながら口にする姉の声はどこか感慨深げだ。

「う、うん……そうかも……」

実際、一条家のしきたりがなければ姉と子作りなんてしていないし、今だって変わらずその陰に隠れていただろう。涼太自身、驚くほどの変化だった。

しかし、それは同時に一条家の習わしの中にいるからこそ許されていることなのだ。しきたりの外に出れば――もし姉を孕ませることができなければ――姉と一緒にいることはできなくなってしまう。

「んっ……ぁ、えへへっ、お姉ちゃんは、涼くんが成長してくれて……嬉しいよ……もう立派な男の子だもん……」

「……やだっ！　そんなのやだよ、紗羽ねぇっ」

まるで弟の独り立ちを喜ぶような姉の言葉に、漠然とした不安が襲いかかってくる。自分が成長したのは姉のためなのだ。そんなことを言ってほしくはなかった。

絶対に離れない。絶対に孕ませる。もっと深く、一滴でも多く注ぎ込む。牡の本能に駆られた涼太は姉の膝を抱え上げてひっくり返し、自らの体重を乗せ姉膣を抉り始めた。

☆

「きゃぅっ？　ぁひっ、ひぐっ……深っ……ぁぁっ？　涼くっ……いきなりっ」

弟の強烈な抽送に紗羽の喉からうめき声が漏れる。体重の乗った打擲《ちょうちゃく》で肉杭が最奥部までを強引に掘削し、かつかつと子宮口を押し広げていった。

「やだよ、紗羽ねぇ……そんなこと言わないでっ、俺、もっと男らしくなるからっ……こうやって、孕ませるからっ」

言いながら、涼太は腰を引いては叩きつける。激しい抽送でふたりの下半身がぶつかるたびにたぱっ、ぐちゅっ、と肉音を立てた。

(うぁっ、ぁぁ……涼くん、お姉ちゃんのために……こんなに……っ)

たくましく、今この瞬間も男の子として成長している。きっとお姉ちゃんが涼くんの成長を見届けて離れてしまうと勘違いしているのだろう――そんなわけがないのに。

その一方、こんなにたくましくお姉ちゃんに種付けをしようとしているのに、どこか甘えるようでもあって――弟の必死さ、激しさに、子宮が甘く苦しいくらいに疼き始める。

「……うんっ、うんっ……頑張って、涼くん……っ、お姉ちゃんも涼くんと一緒にいたい……ずっと一緒にいられるように、たくさんお姉ちゃんに種付けして……っ」

姉の本能に火が点いた紗羽の身体も弟の抽送に合わせ高まっていく。子宮はより多くの弟汁を受け取ろうと、下がり始めていた。こじ広げられた入り口からもとぷとぷと子宮粘液がこぼれ出してくる。

「うぁっ、あぁっ……くぅっ、紗羽ねぇっ、絶対……絶対孕ませるからねっ」

弟の打擲はいよいよ激しく、切羽詰まっていく。突き込まれる肉棒は姉膣の奥の奥まで抉っては愛液をかき出していく。

「んぁぁっ、んっ……ふっ、ふぁっ、涼くんっ……お姉ちゃんもっ、赤ちゃん、欲しいよっ……涼くんの赤ちゃん、ほしいよぅ！」

　膣穴で肉棒が暴れ回るような激しい抽送に、紗羽はただ本能のままにわめく。しきたりだから子供がほしいとか、弟の子供だからほしいとか、そんなふわふわとした願望ではなかった。女の中心部が弟がほしいと痛いくらいに疼いている。

「紗羽ねぇ……っ、はぁっ、はぁっ……」

「うん、うん……おいで、涼くん、お姉ちゃんの一番奥に出して……っ、好き、好きっ、大好きだよ、涼くんっ」

　その言葉の響きだけでわかった。とうとう弟がさらなる子種を一番奥に放とうとしている。その期待、多幸感に思い余った紗羽は弟の身体にしがみつき、夢中でわめく。

「うん、俺も……紗羽ねぇのこと、好きだよっ」

　あるいは弟とこうして想いを交わすのは初めてかもしれない。姉弟は互いの想いをぶつけ、求め、種付けに向かって上り詰めていく。静かな和室に、ただ姉弟の荒い息遣い、肉音が響き続け――。

「……出すよっ、紗羽ねぇっ！」

　腰を大きく引いた涼太がずぱんっ、と腰を叩きつけ剛直を膣内深くまで陥入させる。直後、肉竿の強烈な脈動とともに牡液が迸《ほとばし》った。

「んぐっ、ぁっ……ぁあっ、ぁひっ、ひぅっ……ひぅっ、ぅぅぅううっ！」

　濃厚な子種を注ぎ込まれ、紗羽の思考が種付け快楽に支配される。先ほどよりも濃く感じられるほどの牡液が子宮にまき散らされ、快楽に溺れてしまうほどの多幸感に襲われた。

「ふぅっ、ふぅっ……紗羽ねぇ、俺の赤ちゃん、産ませるからねっ」

最奥部までめり込んだ肉茎は子種を逃がさないようみっちりと根付き、放出を続ける。

「うん……もっと出してっ、お姉ちゃんに涼くんの子種、たくさん……たくさん出してっ」

もしかしたら姉としてこんなに弟に何かをねだり、与えられるなんて初めてのことかもしれない。そしてたくましく成長した弟はそれに応え、子種を与えてくれている。その充足感がさらに紗羽を昇り詰めさせていく。

（あぅっ、ぅぅ、これ……絶対に、涼くんの子供……できてる、お姉ちゃんの中に、涼くんの子供……できてるっ）

相変わらずの勢いで牡液を注ぎ込んでくる弟のたくましさが、紗羽の確信を強める。こんなにお姉ちゃん思いで、立派に成長した弟の子供を孕まないわけがない。姉として、牝としての陶酔感に、紗羽は弟にしがみつき震え続けた。

★

「はぁ……はぁ……はぁっ、ぅぅ……ぅぅぅっ」

射精の勢いは弱くなり、涼太の肉棒は姉の膣内深くで次第に力を失っていく。

「はぁ、はぁ……ふふっ、たくさん出したね……涼くん」

涼太の身体を受け止め、姉は頭をくしゃくしゃと撫で回してくれる。涼太自身、二回連続でここまでの量を吐き出せるとは思ってもいなかった。姉にほめられ誇らしいくらいだったが。

「……まだ足りない」

それだけ告げ、涼太は再び腰を揺すり始める。確実に牝を孕ませようとする牡の本能は涼太にさらなる力を与えた。彼のペニスは再び硬くなり、睾丸は新たな精液を送り出そうと準備を始めている。

そんな弟の行動に紗羽はいつものようにくすりと笑ったかと思うと。

「ふふっ……それじゃもう一回、お姉ちゃんに種付けしてくれる？」

まるでお手伝いを言いつけるかのように告げる。

姉弟の子作りは始まったばかりだった。

エピローグ

教室の窓から見える空はもう秋そのもので、高く澄んでいる。

机に頬杖を突いた涼太はそんな空をぼんやりと見上げていた。

「…………」

クラスの同級生達も、授業も、いつもと変わりない風景だった。昼休みに起こった姉の『弟と子作り宣言』からふた月と少し、あまりにもいろいろなことが起こったのに、世の中は何も変わらないように動き続けている。


姉との本気の子作りから約三週間――。

姉弟は思う存分交わり、涼太も確実に自身の子種を姉に植え付けた確信を持っている。数日間、まるで獣のように姉と交わり続けたのだ。しかし――。

(絶対なんて、ないよな……)

今のところ祖母からのプレッシャーはないが、結果が出なければ事態は面白くない方向に進むだろう。それを考えると胸の奥に何か重いものを感じるが、それでも涼太は慌ててはいなかった。こんなときだからこそ、どんと腰を据えて待つ胆力が必要なのだ。

もしかしたら、姉との交わりの中で一番変化したのは彼自身かもしれない。自信や男らしさ、姉への想い、今まで隠れていたものすべてが子作りの中で現れた。そんな涼太の変化を姉や家族だけでなく、学校の生徒達も認めてくれている。

最近は同級生から頼られるのはもちろん、生徒会からも誘いがかかるようになっていた。姉の後ろ盾ではなく、涼太自身を認めた上でのことだ。


「はぁ……」

それでも、やっぱり涼太にとっては姉が一番大事なのだ。どんなに周囲から認められても、姉と一緒にいられなければ意味がない。そのために成長したのだから。そして、どんと構えているつもりでもやはり不安は消し去ることはできなかった。そんな不安が溜息として漏れ出したとき。

廊下の外で何やらぱたぱたと人の気配がし、涼太は思わずそちらを見る。

直後、がらっと戸が開けられ姿を現したのは――。

「はぁっ……はぁっ、はぁっ、りょ、涼くん……っ」

息を荒くした姉だった。恐らくここまで走ってきたのだろう。そして姉はそのままずかずかと教室に入ってくる。生徒達はもちろん教師も、姉の珍しい行動に息を呑んで目で追いるか確かめるため。本当に孕んでいるかどうか、とうとう明らかになる。

姉はかかりつけの産婦人科で診断を受けていたのだ。それはもちろん姉弟の子を宿して

近づいてくる姉の姿に、涼太の緊張が一瞬で最高潮に達する。

「……さ、紗羽ねぇ……っ」

しかない。

うしかない。

「「………」」

未だに息を荒くしている姉に同調するように、涼太の心拍数も上がっていく。

直後、強張っていた姉の顔がほころんだ。

「やったよ！　お姉ちゃん、涼くんの子供、ちゃんと妊娠したよっ！」

「えっ……ぁ、ぁ……」

周囲が息を呑むのを感じたが、その事実はなかなか涼太の頭に染み込んでこない。例え

これまでこのためだけに――ただ姉を孕ませるためだけに――交わっていたとしても、実

際に姉が妊娠するという事実はやはりわけが違う。

「えへへっ、これで涼くんはお姉ちゃんのお婿さんだよっ」

姉は診断書らしきものを差し出してくる。周囲の視線などもうお構いなしだ。

「ぁ……ぁ……うん、うんっ……！」

その内容は実際はよくわからない。が、ようやく涼太の中に姉が妊娠したという実感が

湧き上がってくる。と同時に、飛び上がりたくなるくらいの嬉しさと愛おしさ、誇らしさが込み上げてきた。これで誰にも文句を言われず、一条家当主の婿になれるのだ。

「紗羽ねぇ、俺……俺……っ」

様々な感情があふれ、うまく言葉が出てこない。ただ、一番大きな感情は——。

「俺、紗羽ねぇと一緒にいられるんだよねっ」

大好きな姉とずっと一緒にいられる。男として、弟として。これからも離れずに。今までより近く。その喜びは何にも勝る感情だった。

そんな涼太の想いに応えるように、紗羽が飛びついてくる。

「うんっ……これからもずっと一緒にいようね、大好きだよ、涼くんっ」

弟への想いを周囲を憚らずに口にする紗羽。その目には微かに涙が滲んでいた。

あとがき

初めまして。またはこんにちは。橘トラです。

和風お姉ちゃんとのエッチな子作りラブコメ、お楽しみいただけたでしょうか。

日本の昔の風習ってエッチなしきたりもあって、どことなくおどろおどろしさみたいなものとかに惹かれてしまうんですよね。しきたりに縛られているからこそしれっとした感じが逆にエッチというか。そんな雰囲気をキャッチーに描くことを心がけました。

今作は久しぶりの姉もの、しかも和風お姉ちゃんは初めてだったので、楽しみながらいろいろ工夫をしました。和風お姉ちゃん×しきたりエッチの魅力がうまく引き出せていればと思います。

また、今回イラストを担当していただいたみつきつみ先生には素敵なお姉ちゃんを描いていただきました。細かい要望に応えていただき、作品にぴったりの和風しっとりお姉ちゃんになっています。ぜひぜひイラストも含めて楽しんでください。

最後に、執筆の機会をくださったパラダイム出版様、特に担当様にお礼を申し上げます。いつもお礼を申し上げるだけでは足りないほどのお世話をおかけしていますが、こうして作品を世に出せるのは関わってくださる皆様のおかげです。

そして、読者様に楽しんでいただければ著者としてこれ以上の幸せはありません。いつも変わらず感謝を申し上げます。それではまたどこかでお会いしましょう。

ぷちぱら文庫 Creative

ご当主様《おねえちゃん》は弟《おとうと》くんとの子作《こづく》りをご所望《しょもう》です

2021年 11月26日　初版第1刷 発行

■著　　者　橘トラ
■イラスト　みつきつみ

発行人：久保田裕
発行元：株式会社パラダイム
〒166-0004
東京都杉並区阿佐谷南1-36-4
三幸ビル4A
TEL 03-5306-6921

印 刷 所：中央精版印刷株式会社

PPC276

ぷちぱら文庫
Creative 123
著：橘トラ　画：木ノ崎由貴
定価：本体690円（税別）
に…人間の槍ごときでワルキューレたる私が
中出しエッチにハマっちゃうぅ…♥
間違って転生した俺と戦乙女のセックス英雄譚
好評発売中！

ぷちぱら文庫
Creative 162
著：橘トラ　画：あにぃ
定価：本体690円（税別）
引きこもりの妹が身体で家賃を払おうとしてくるんだが!?
ねえ…おっぱい触ってもいいんだよ…？
好評発売中！

ギャルの恩返し
JK拾ったら家に居つかれて
家事からエッチまでお世話を始めた件
ね、アタシに慰めさせて？
ただ処理してあげる
だけだから……ね？
ぷちぱら文庫
Creative 253
著：橘トラ　画：まうめん
定価：本体790円（税別）
好評発売中！

妹ぬードイッチ！
生意気ギャル妹と
甘ったれサキュバス妹に
搾られまくって
お兄ちゃんは大変です♥
ぷちぱら文庫
Creative 267
著：橘トラ　画：木村寧都
定価：本体810円（税別）
好評発売中！